JN059807

エリート宰相の赤ちゃんを授かったのでパパには内緒で逃亡します！

文官令嬢の身ごもり事情

浅見

Illustration
SHABON

gabriella books

エリート宰相の赤ちゃんを授かったのでパパには内緒で逃亡します!

文官令嬢の身ごもり事情

contents

プロローグ

大理石の床を革靴で歩く、規則正しい音がする。

「エンフィール宰相閣下！　各国要人らの訪問予定の件でご相談が……！」

「宰相閣下！　例の補助金の件で、至急ご確認いただきたいことが！」

「閣下！　西側一帯における小麦の値崩れの件ですが！」

「閣下！　隣国の王太子ご夫婦への出産祝いの件ですが！」

「閣下！　閣下への縁談の申し込みがこちらに届いているのですが……！」

足音の人物――マティ・エンフィールを追いかけながら、次々と声をかけていくのは彼の部下である文官たち。

リースペリア国の宰相を務める彼は、あまりの多忙ゆえ、姿を見つけた瞬間に声をかけねば話を聞いてもらえないからだ。

宮殿の長い廊下を、大きなアーチ窓から差し込む光が照らしている。

マティはその日差しのなかで足を止めると、アイスグリーンの瞳を柔らかく細めて文官たちを振り返った。

彼の補佐官として、その背中にぴたりとついて歩いていたミリアもまた足をとめると、壁側にさがって文官たちとの間を開けた。

「一つ一つ話を聞くから、慌てなくて良い。要人らの訪問予定と補助金の件は、この後すぐに時間を取るから執務室にくるように。小麦の値崩れについては、まず調査結果をまとめて私の補佐に渡してくれ。出産祝いと縁談の件は……」

壁際でぴんと姿勢良く立っていたミリアは、そこで視線を向けられて口を開いた。

「出産祝いの贈り物は、今日中に目録を用意して担当部署に届けます。それから閣下への縁談の手紙は私に回してください。たとえエンフィール公爵家に送ってなしのつぶてでも、職場に送られては困るということを失礼のないようにお伝えします」

流れるように告げると、マティが申し訳なさそうに軽く眉を下げた。

縁談の件でばつが悪いのだろう。こういうことは初めてではない。

「……そういうわけだ。君たちの働きに感謝している。まだ一日は長いが、気を引き締めて頑張っていこう」

マティが文官らの顔を見渡して微笑《ほほえ》む。すると彼らの表情がぱっと輝き、ついでに通りすがりの侍女たちからは黄色い歓声が上がる。

この場にいる誰もがマティの言葉に喜色を表すなか、ミリアだけはひとり表情を動かすことなく、ごく僅かに揺れる瞳にマティの姿を映していた。

――リースペリアの主柱、マティ・エンフィール宰相閣下。

そっと、胸の内で彼の名を呼んでみる。

高い位置から注ぐ陽光を浴びて佇《たたず》む彼は、まるでよくできた彫刻のようだ。

金糸の刺繍《ししゅう》が入った白いコートを纏《まと》う長身の体躯《たいく》は、ほどよく鍛えられていて姿勢が良い。

一つにまとめた長髪は鮮やかな金色。切れ長の両目に浮かぶ瞳は薄い緑色をしている。

眉は柳の枝のように形がよく、鼻筋も高い。あまりに完璧に整った顔の造作はいっそ冷たく見えそうなものなのに、彼の内面からにじみ出る穏やかな表情がそれを中和していた。

年はまだ二十九歳。その若さで一国の宰相を務めることからも分かるように、非常に有能で、かつ公明正大な人物だ。公爵家の生まれでありながら、人を身分で判断しない。努力を認め、勤勉を愛し、誠実さを良しとしている。

そういう人物だから、上の者からは頼りにされるし、下の者からは慕われる。

彼の部下の内には、信奉者と呼んで差し支えない者も多い。

かくいうミリア自身も、彼の信奉者である自覚があった。

「さあ、行こうか」

つい見蕩《みと》れていた所に声をかけられて、ミリアは軽く居住まいを正して頷《うなず》いた。

再び規則正しい足音を立てて進み出すマティの、少し後ろをついて歩く。

すると近くにいた女官たちから、ひややかな視線を感じた。

――憧れの宰相閣下のそばに、私のような華のない女がいるのが気に食わないのよね。

ミリアはやはり表情を変えず、視線だけをすっと窓ガラスへ向けた。

そこに映るのは、赤みがかった金色の髪をひっつめて結い上げた、可愛《かわい》げの欠片《かけら》もない女の姿。

菫色《すみれいろ》の瞳は猫のように大きいが、いつも眇《すが》めるようにしているせいで冷たい印象だけを相手に与えてしまう。自分なりに真剣に仕事をしているからそういう目つきになるだけなのだが、同性からも異性からも評判は芳しくなかった。

ミリアは誰にも気付かれぬように小さくため息をつくと、また前を向いて歩き始めた。

執務室に戻ると、マティは椅子に座るより早く、机上に置かれた書類を手に取って目を通し始める。

ミリアはクラヴァットを緩める彼からコートを受け取り、丁寧にポールハンガーにかけた。それから、まだ立ったまま書類を睨《にら》んでいるマティに向き直る。

普段ならこの後の段取りを確認してすぐに退出するのだが、今日は他に、彼に伝えておきたいことがあった。

「……閣下、いま少しお時間をいただいてもよろしいでしょうか」

「うん？　ああ、もちろん」

マティはアイスグリーンの瞳を書類に向けたまま頷いた。

椅子を引き、腰を下ろそうとしている。

ミリアは腹の前で両手を重ね合わせると、背筋を伸ばして口を開いた。

「実は、妊娠いたしました」

その瞬間ガタッと椅子が倒れ、マティが床に尻餅をついた。

どうやら椅子を引く力の入れ加減を間違えたらしい。

「大丈夫ですか？　閣下」

「ああ、ああ……大丈夫、すまない」

驚いて声をかけると、マティは机に手をつきながらよろよろと立ち上がった。

動揺とは無縁そうな涼やかなアイスグリーンの瞳が、すごい勢いで泳いでいる。

「妊娠？　ああ、妊娠か……そうか。誰が？」

「私です」

そう告げると、マティはさっと顔を青ざめて切れ長の目を見開いた。

マティのこんな顔を見るのは初めてだ。

ミリアは勝手に、彼は空から星が降ってきても冷静でいられるのだと思っていた。

――それだけ、私に目をかけてくださっていたのよね。

手塩にかけて育てた部下から突然こんな報告をされれば、天下のエンフィール宰相でもこのような顔をするということだろう。

そう、あまりに突然だった自覚はある。

何しろミリアは結婚すらしていないのだから。

彼を失望させただろうかと思うと、重ねた両手にじわりと汗が滲《にじ》んだ。

ただ、こうなったからには報告しないわけにはいかないし、お腹《なか》が大きくなってから急に辞《や》めるより、早い内に告げて引き継ぎをしたほうが誠実だろう。

何ごとも早め早めの行動が仕事の効率を決める。

五分前行動はミリアの美学だ。

ミリアは真顔のままひとり頷くと、えいっと思い切って言葉を続けた。

「妊娠いたしましたので、仕事を辞めさせていただきたいのです」

言い終えるのと、マティがふらりとよろめくのは同時だった。

あっと思う間もなく、彼が手をついていた場所にあった書類が、拍子にばらけて宙を舞う。

次いでマティが床に倒れる大きな音が響いて、ミリアは思わず声を上げた。

「閣下⁉」

彼に駆け寄って呼びかけるが、返事がない。

——気を失っておられるの⁉

物音に気付いた守衛らが「どうなされましたか！」と声をかけてくる。「閣下が！」と答えると、慌てた様子で部屋に飛び込んできた。

「閣下！　大丈夫ですか⁉」

「大変だ、医師を呼んでまいります！」

床に倒れたマティを見て、騒然とする守衛たち。

すぐに常勤の医師がやってきて、マティを担架に乗せて運び出していく。

執務室の周りには騒ぎを聞きつけた人々が集まり、ミリアに「何があったのですか」と訊《たず》ねた。だがそれを訊きたいのはミリアの方だ。

——閣下はいったいどうされたというの……。

ミリアは混乱しながら、そっと自身のお腹に手を当てた。

そして彼の——マティ・エンフィールの子供を身ごもるにいたった経緯を振り返ったのだった。

第一章

「ティーブバレー殿！　ティーブバレー殿、いらっしゃいますか⁉」

マティ・エンフィールの執務室の隣には、彼の側近たちが仕事をする宰相補佐室がある。自席で書類に目を通していたミリアは、廊下から名前を呼ばれて顔を上げた。

返事をするとすぐ、ひとりの文官が執務室に入ってくる。

「ああ……良かった！　至急閣下にご報告さしあげたい事案があるのだが、話を通していただけないだろうか！」

室内ではミリアの他に二人の補佐官が仕事をしているが、彼らは顔を上げない。宰相の予定管理はミリアの仕事だからだ。

「閣下は今、会議の最中です。差し支えなければ用件をお伺いできますか？」

「昨夜の大雨で、アバンラ大橋が一部壊れたそうなのです。至急応援を頼みたいと、使者が来ております！」

「それでしたら、今朝の内に閣下がこちらから人員を派遣しています。おそらく使者と入れ違いになったのでしょう」

行商隊が多く通る大橋は、以前から老朽化が懸念されていた。

雨期の前に補修をするつもりだったが、昨夜は季節外れの大雨になった。

「人的被害は出ていますか？　閣下は救助隊や医師も派遣されていましたが、必要とあれば追加で人員を送る必要があります」

「あっ、いえ！　今の所、死者や怪我《けが》人は出ていないそうです！」

「良かった。では閣下への報告は会議の後で問題ないと思われます。それまでに詳しい被害状況をまとめたいので、使者の方を応接室へ通していただけますか？」

そう指示をすると、文官はほっとした様子で執務室を出て行った。

ミリアもすぐに資料を用意し、それを胸に抱えて席を立つ。応接室で使者から話を聞いて報告書をまとめ、マティの会議が終わる時間を見計らって今度は議場へと急いだ。

「ほら、ティーブバレー女史は今日も急ぎ足」

「忙しすぎて、ご自分の年も忘れていそう」

廊下で、すれ違った若い女官らがクスクスと笑うのが聞こえた。

よくあることなので、顔をしかめたりはしない。

ただ軽く、目線だけで彼女らを追った。

――忘れていません。今年二十二歳よ。

胸のなかでこっそりと呟《つぶや》く。自分ではまだまだ若いつもりだ。

だが先ほどの女官らは十代に見えたし、きっと貴族の娘だろう。彼女たちからすれば、この年で結婚もせず働き詰めの自分の姿はおかしく映るに違いない。

そしてミリアは結婚する気がないから、こういった嘲笑は生涯付きまとう。

誰もが憧れるマティ・エンフィールの補佐官をしていれば、なおさらに。

だから、あまり気にしても仕方がない。

彼の隣で働き続けるために、気にしないと決めたのだ。

「お堅い文官令嬢様」

背後から聞こえた『通称』にもミリアは表情を変えず、颯爽《さっそう》と前を向いた。


ミリアは、リースペリア王宮に勤める文官のひとりである。

王宮に上がる女性の職と言えば、貴族なら女官。平民なら下働きが一般的で、希《まれ》に学があれば下級事務官として雇われることがある。

ミリアはこれでも貴族の娘だが、十五歳の時に下級事務官として王宮に出仕した。

女官にはならなかったのではなく、なれなかった。

生家であるティーブバレー伯爵家が没落していたため、門前払いを食らったのだ。

世間というのは厳しい。

ティーブバレーといえば、元は社交界でそれなりに名の通った家だった。

領地は北方にあり、冬は厳しかったが、高原地方での酪農や、葡萄酒《ぶどうしゅ》作りが盛んだった。特に葡萄酒は名高く、上流階級の間でも高値でやりとりされていたものだ。

ミリアは伯爵家の一人娘だ。リースペリア国では嫡男がいない場合、娘への爵位継承が認められている。ミリアもいずれは婿を貰《もら》い、家名と領地を次代へ繋《つな》いでいくことを期待されていた。

いや、ミリアがそうしたかったのだ。

生まれ育ったティーブバレーの土地が好きだったから。

だから、立派な女領主になるべく勉学に励んだ。

両親もミリアの意欲を汲《く》んで、学ぶ機会を多く与えてくれた。

その成果は芳《かんば》しく、十二歳で神童と讃《たた》えられるまでになった。

全てがうまくいっているような気がしていた。

このまま望んだ通りの人生を歩めるような気が。

ミリアが十四歳の時、両親が馬車の事故で亡くなるまでは。

嵐の翌日。領内の街道で大規模な土砂崩れが起こり、多くの死傷者が出た。両親は被害状況の確認に向かい、道中で落石に遭い帰らぬ人となってしまったのだ。

残されたミリアは途方に暮れるしかなかった。

神童と呼ばれようが、まだ子供。領地経営も学んでいたが、実際に関わってはいない。

家人《かじん》の力を借りて何とか両親の葬儀だけは執り終えたが、この後どうすればよいのか、どうなるのかが不安で、ただ悲しみに浸ることすらできなかった。

さらに両親が亡くなってひと月も経《た》たぬ頃、ティーブバレー家専属の弁護士がミリアに一通の書類を見せた。それは両親が残した多額の借金の借用書だった。

ティーブバレー領ではここ数年寒害が続き、領地経営はひどい赤字だった。

借金がかさむなか、両親は領内にある山から珍しい宝石が採掘されるという、うまい話を信じ、多額の投資をしていたのだという。話を持ちかけてきた事業者は詐欺師で、金を持ち逃げしてしまった。

両親はその資金を方々から借りていたのだ。返済できなければ、抵当に入った屋敷や資産は全て没収される。爵位領地も売るしかなくなるだろう。

ミリアには為《な》す術《すべ》がなかった。

家には頼りにしていた執事がいたが、両親が亡くなる少し前に病で退職し、田舎に帰っていた。新しい執事はまだ若く、仕事を引き継いだばかりだ。

親類縁者も、借金の話には顔をしかめて首を横に振るばかり。

絶望に暮れていると、見かねた弁護士が『グレスク侯爵夫人を頼ってはどうか』と言ってきた。母の古い知人で、両親の葬儀にも顔を出していた人物だ。

相談を持ちかけると、彼女は領地と引き換えに借金を肩代わりしてもよいと言ってくれた。夫人は毎年母から送られてくる葡萄酒を好んでいた。ティーブバレー家の没落で、あの葡萄酒までなくなってしまうのは惜しいのだと。

さらに夫人は、肩代わりした借金をミリアが返済すれば、領地を返してもいいとまで言ってくれたのだ。

領地は仮の移譲《いじょう》となり、ミリアにも爵位だけは残る。

これほど良い話はなかった。

ミリアは夫人に深く感謝をし、その話を受け入れた。

――だけど、十四歳の子供が思うほど世間は甘くなかったのよね……。

議場の前でマティが出てくるのを待ちながら、ミリアは小さくため息をついた。

過去を思い出す時、胸にこみ上げてくるのは苦いものばかりだ。

ミリアは領地を手放した後、資産も全て売り払って夫人への返済に充てた。

残りの借金は、ミリアが一生懸命働けばきっとすぐに返しきれる。

そんな風に考えていた。

しかし現実は、小娘ひとりが稼げる金額などたかが知れていた。

辺境のティーブバレー領でちまちま働いても、自分が食べるだけで精一杯。

優しい夫人は『侍女として雇ってもいい』と言ってくれたが、その給金では一生かかってもお金を返せそうにない。

『ならば王都に出て、女官になってはいかが？　王妃付きにまでなると、給金も良いと聞いたことがあるわ』

悩むミリアに、夫人はそう薦めた。

そして推薦状を書き、王都へ行くための路銀まで出してくれたのだ。

ミリアも死ぬまでに借金を返し終えるにはそれしかないと思い、女官の採用年齢である十五歳になると同時に王宮へやってきた。

しかし侯爵夫人の推薦状も空《むな》しく、面接を対応した女官長は『ティーブバレー』の名を聞くなり眉を顰《ひそ》めた。

『家が没落し、借金まみれの娘など雇えるわけがないでしょう』

女官の仕事は貴重な品にも多く触れるので、困窮した人間は雇えないという。

『グレスク侯爵夫人の推薦状といっても、何かあった時の保証をするようなものでもないし……』

推薦状に目を通す女官長の言葉に、ミリアは落胆した。

ミリアはてっきり、夫人が自分の身元保証人になってくれると思っていたのだ。

だがそれも、考えてみれば当然のこと。夫人とは知り合ったばかりで、何か信頼関係があったわけではない。考えが甘すぎたのだ。

『まあ……下働きとしてなら雇ってもいいけれど』

落ち込むミリアに女官長はそう言ったが、提示された給金は希望からほど遠かった。これなら侯爵夫人の侍女をしたほうが稼げる。

申し出を丁重に辞退し、とぼとぼと王宮を通用門から後にしたミリアは、途方に暮れて空を仰いだ。

忘れもしない、透き通るような茜空《あかね》だった。

両親が死んでから、ずっと堪《こら》えていた涙が流れた。

これから自分はどうすればよいのか、どこへ向かえばよいのか、全く分からなかった。

侯爵夫人に頭を下げて、侍女として雇ってもらうべきか。

しかし、それではティーブバレーの土地を買い戻せない。

ミリアは、女には特別稼げる方法があると知っていた。

だがその方法で借金を返しても、胸を張って両親の墓や領民に報告できないだろう。

『諦めてたまるものですか……』

王都になら、女でも稼げるまっとうな仕事があるかもしれない。

幸い学はある。良家の家庭教師の道を探すというのはどうだろうか。それも借金まみれの自分には難しいかもしれないけれど、やるしかない。

こんなことになっても、ミリアは両親を愛していた。

詐欺に遭い、苦労を残して亡くなったことを恨む夜もあったけれど、愛してもらった記憶は消えなかった。自分が知る両親はとても立派な人たちだった。詐欺に遭ったのだって、領民の暮らしを何とか立て直したいという一念だったはず。

だからこそ、両親が愛した土地をどうしても取り戻したかった。

ミリアは涙を拭い、顔を上げた。

諦めるものか。強い意志を持って前を向いたミリアは、はたと通用門の側に立つ掲示板の存在に気付いた。

『下級事務官募集……』

求人の張り紙だ。給料は——悪くない。侯爵夫人の侍女とそう変わらないが、こちらは『昇給ありだ。頑張れば高給にありつけるかもしれない。

試験があるようだが、学問には自信があった。

これだと思った。自分が進むべき道はこれしかないと。

そうしてミリアは、下級事務官として文官への道を歩み始めたのだった。


つらつらと過去を思い出していたミリアは、扉の向こうが騒がしくなったのに気付いて顔を上げた。会議が終わったようだ。

スカートのポケットから銀無垢《むく》の懐中時計を取り出す。ミリアがいつも肌身離さず身に着けている物だ。

時間を紡ぐ秒針は、持ち主によく似て几帳面《きちょうめん》で、まだ一度もズレたことがない。

——会議は、予定通りに終了。

分刻みで予定が組まれている宰相閣下は、時間管理もうまい。

どんなに紛糾する会議でも、時間までにはいつもぴったりまとめてみせる。

――閣下が扉を開けて議場から出てこられるまで、後十五秒。

時計をポケットにしまい、前を向く。

背筋をぴんと伸ばして、ミリアはその時を待った。

――後十秒……。
九、八、七……。
そこまで数えて、ミリアはふっと視線を近くの窓へ向けた。

うっすらと映る自分の姿を見つめ、うなじの後れ毛をさっと直す。襟元を正し、身だしなみ程度に淡く塗っている口紅の色を確認する。残り一秒の所で前を向くと、ちょうど扉が開いてマティが議場から出てきた。

「ティーブバレー女史？」

澄んだアイスグリーンの双眸《そうぼう》が僅かに見開いた。

「どうした？　何か問題が起こっただろうか？」

ミリアがマティを待ち構えているのは、大体トラブルが起こった時だ。

「いえ、今朝閣下が手配されたアバンラ大橋の件で、先ほど使者が参りました。こちらから送った人員と入れ違いになったようでしたので、ひとまず私が話を聞き、報告書をまとめてあります。場合によっては追加の手配が必要になると思い、こちらでお待ちしておりました」

「そうか……報告書をこちらに」

報告書を手渡すと、マティはその場でさっと目を通した。

瞳の動きに合わせて、長い睫毛《まつげ》が揺れる。

「うん、さすがティーブバレー女史の報告書は的確で、分かりやすい。ありがとう。追加の手配は必要ないから、使者にはそう伝えて帰してもらっていい」

満足そうに頷いて、マティが報告書をミリアに返す。それを受け取る時に、かすかに互いの指が触れ合った。

マティが一瞬、動きを止める。

紙に触れる文官は、女性であっても職務中に手袋を嵌《は》めない。しかし紳士である彼はこんな時、いつも気まずいようだ。

ああ、宰相の貴重な一秒が。そんなことを頭の隅っこで考えつつ、ミリアは眉一つ動かさずに頭を下げた。

「かしこまりました」

いつも通りに答えると、マティは少し困ったような笑みを浮かべ、そのまま次の予定へ向けて歩いて行った。

「さすがティーブバレー女史ですね！」

会議室から出てきた書記官の一人が、たまたま様子を見ていたらしく、こっそりそう声をかけてきた。昇級したばかりだろうか、見ない顔だ。

「閣下にあんな距離で見つめられたら、並の女性なら腰を抜かしてしまいますよ！」

真面目に仕事をしている相手に対して、あまり良い褒め言葉ではないなと思った。とはいえ彼に悪気はなさそうだし、文句を言うほどのことでもない。

「慣れておりますので」

ミリアは身を翻《ひるがえ》して歩き始めた。

文官も官職、基本は男社会だ。高官ともなると、ミリアも含めて片手の指であまるほどしかいない。

〝普通〟にしているだけで褒められるのも、女性だからと思うと良い気分はしなかった。褒められるのならまだいい方で、少しでも弱った所を見せたら『だから女は』と馬鹿にされるし、笑った所を見せると『女は楽でいい』と下に見られる。

ミリアが十五歳で足を踏み入れたのは、そんな世界だった。

なにがなんでも高給取りになる必要があったミリアは、弱音と笑顔を捨て、肩肘張ってここまで来た。だからミリアに近しい人間ほど、わざとらしい女性扱いはしてこない。

マティもそうだ。彼はミリアを他の補佐官と同じように扱ってくれる。それが嬉《うれ》しい。

男性と同じように。いや、負けないぐらいに仕事をしてみせる。

そうひたすら職務に邁進《まいしん》してきたからこそ、マティは自分を補佐官にまで取り立ててくれたのだ。

ミリアは、自分が進んできた道はこれで良かったと思っている。

可愛げがなかろうが、女性らしくなかろうが、いま自分がここに立っていることが全て。

文官への道を歩み始めてから早七年、ミリアがかぶった『ティーブバレー女史』の仮面は完璧だ。

ただ一つ問題があるとすれば——それが仮面に過ぎないということ。

補佐室へ続く廊下の途中で、ミリアはふと足を止めた。

軽く周囲を見渡し、自分以外の人影がないのを確認する。

それから、はあと長い息を吐き、先ほどマティと触れあった指先を見つめた。

——慣れておりますので……。

とんでもない嘘《うそ》をついてしまった。

本当は全然、全く、これっぽっちも、ミリアはマティの存在に慣れていなかった。

指先は、いまもじんじんと痺《しび》れている。

ミリアは指先を反対の手で包みこむと、頬《ほお》に寄せて目を閉じた。

マティの指先と軽く触れた。

たったそれだけのことなのに、心臓が早鐘を打っている。

マティの顔だって、本当は近くで見る度に腰が抜けそうになっている。

彼に先ほど褒めてもらった声は、いまも耳の奥でこだまして離れない。

ミリアはマティを上司として尊敬している。これは本当だ。

彼ほど尊敬できる上司なんて、国内どころか、世界中探したっていないだろうと思う。

また、人として崇拝もしている。多くの信奉者と同じように。

そして、どうしようもなく恋をしていた。

——いや、もう……本当にどうしようもないのは、自分でも分かっているのだけれど。

うなだれてため息をつく。その成分は自己嫌悪が十割だ。

女性だからって舐《な》められたくない。恋愛や結婚には興味ありませんという顔をしておきながら、上司相手に懸想する自分が滑稽だった。

職場に恋愛感情を持ち込むのにも嫌気が差す。

マティが自分を部下として信頼してくれているのが分かるからこそ、それを裏切っているような気持ちにもなった。

まして相手はリースペリアの支柱たる宰相で、次期公爵。

彼の側に仕えているとはいえ、それは単に補佐官としてであって、ミリアの身分は没落貴族にすぎない。片想《かたおも》いにしても身の程知らずだ。

全て分かっているから、誰にも想《おも》いを打ち明けるつもりはないけれど、その愚かさを自分だけは生涯忘れられないのだと思うと目眩《めまい》がした。

——だけど、仕方がないでしょう。

自分を慰めるように一人ごちる。

心というのは難しい。確かに自分の物であるはずなのに、思い通りには動かない。

ミリアは瞳を揺らすと、ポケットから懐中時計を取り出した。

文字盤の縁を指で撫《な》で、口端に笑みを浮かべる。

これはミリアが宰相補佐に昇進したときに、マティから記念品として贈られたものだ。

高価な品物だが、ミリアだけが特別なのではない。

マティ直属の部下になれば、誰でも贈ってもらえる。

それでもミリアにとっては、かけがえのない宝物だった。

——もう五年程前になるかしら……。

文官の道を志し、二年が経った頃のこと。

ミリアはすっかり挫折しかけていた。

採用試験を満点で通過し下級事務官になったはいいが、仕事は雑用ばかり。

掃除にお茶くみ、備品整理に他部署への使い走り。

ミリアの扱いは、事務室専用の下働きだった。

一年が過ぎ、二年が過ぎても待遇は変わらない。

何度か上官に改善を求めたが、返ってくる言葉は同じ『女に任せる書類などない』だ。

二年の間に上官も変わったが、ミリアへの態度は判を押したように同じ。

しかも、給料は求人の張り紙に記載されていたより低く、途中で一度減給までされてしまった。

『女には十分すぎる給金だろう。どうせ男を見つけたらすぐに結婚して辞めるんだしな』

もう、うんざりだった。

ミリアには時間がない。

死ぬまでにティーブバレー領を取り戻さなくてはならないのだ。

他のもっと稼げる仕事を探すべきではないか。

いや、そんなものはない、ここでぐっと堪えて機会を待つべきだ。

どうするのが良いのか自分でも分からなくなっていたある日、ミリアに一つの転機が訪れた。

上官に書類の作成を頼まれたのだ。

初めての雑用以外の仕事だ。ミリアはもちろん張り切って引き受けた。

提出する時間が決められているから、時計を確認しながら進めなくてはならない——のに、事務室の時計が壊れていた。

当時、ミリアは自分用の時計をもっていなかった。両親の遺産のなかには懐中時計もあったが、売って借金の返済に回してしまった。買いなおすにも高価だし、職場には時計があるから、それで済ませていたのだ。

『あの……時計を貸していただけませんか?』

同僚に頼んでみたが、すげなく断られた。

次に時計のある部屋で仕事をさせてもらえないか、他部署に頼んでみたが、それも全て断られてしまった。

事務室に戻ると、同僚が数人、笑いを堪えている。

そこでようやく気付いたのだ、これは嫌がらせだったと――。

『信じられない……』

仕事を、つまらない嫌がらせの道具にするなんて。

ミリアが時間までに書類を用意しなければ困る人がいる、仕事というのはそういうものだ。だというのに、彼らの責任感のなさはどうだ。

こんなつまらない人たちに足を引っ張られている自分も、また情けない。

――負けてたまるものですか……！

同僚への失望から、負けん気に火が付いた。

ミリアは倉庫へ行くと、使っていない古いローテーブルを借りた。女一人でギリギリ持てる大きさの物だ。

西塔の円錐《えんすい》屋根には時計がある。その前には宮殿で働く者たちが休むためのちょっとした広場があり、ミリアはそこにテーブルを置いて書類の作成を始めたのだった。

もちろん宮殿の廊下とか、ホールとか、他にも時計がある場所はあったけれど、ここが一番文句を言われないと思ったのだ。宮殿の西エリアは国政にまつわる部署が集まっていて、客人が来ることは滅多《めった》にない。外聞がどうのと文句を言われずに済む。

季節は冬だった。空は曇天。正直、寒かった。

石畳の床に膝をついて座っているから、余計に底冷えする。

ペンを持つ指が震えた。体が冷えてくると、歯がガチガチとなった。

惨めだったし、悔しかった。

だけど絶対に負けたくなかった。

この二年分の——両親を亡くしてから降り注いだ全ての理不尽が、自分を突き動かしていた。

『こんな場所で、何をやっているんだ?』

不意に、背後から声がかかった。

振り返ると、世にも美しい男性が立っていて、思わず瞬《まばた》きをした。

鮮やかな金色の髪に、涼しげなアイスグリーンの瞳。

美術館の彫像がそのまま動き出したかのように完璧な造形をしている。

誰だろうか。見たことがない。

だが格好からして上官だろうと察しはついた。

『仕事ですが……』

『仕事? こんな場所で?』

ミリアが答えると、男性は切れ長の目を見開いた。

信じられないという顔をする彼に、ミリアは屋根にある時計を指さした。

『ここなら時計が見えるので』

『時計が見える場所なら、他にいくらでもあるだろう。もっとあたたかくて……仕事に適した場所が』

『そういう場所は、女は使わせてもらえないのです』

腹が立っていたので、投げやりな言い方になった。

この男性が上級官職の人間で、かつ『まとも』な感覚の持ち主なら、あの上官や同僚をちょっとは懲《こ》らしめてくれないかという気持ちもあった。まあ、ほとんど期待はしていなかったけれど。

『女は……ああ……そうか、なるほど』

彼は軽く周囲を見渡して、頷いた。

建物の窓の向こうには、こちらを気にしてチラチラと見ている同僚達がいる。

それで何となく事情を察したらしかった。

『だけど、ここは寒い。私が時計を貸すから、部屋に戻りなさい』

彼がそう言って取り出したのは、金無垢《きんむく》の懐中時計だった。ケースには美術品のような装飾が施され、ダイヤモンドがいくつもはめ込まれている。どう見ても超高級品だ。並の貴族ならチェーンだけでも一財産だろう。

ミリアはこの時、もうかなり表情を顔に出さなくなっていたが、さすがに目を剥《む》いた。

『お借りできません！』

こんな物を借りて、うっかり傷でもつけたら首を吊《つ》るしかない。

そう言うと、彼は『そんなことはさせないけれど』と困った顔をしつつ、『まあ、それもそうか』と頷いた。それが高価で、庶民が気軽に借りられるものではないと気付いたのだろう。

彼は少し考える素振りを見せたあと、外套《がいとう》のポケットに手を入れた。

『なら、こっちならどうだろう』

取り出したのは小さな箱。開くと、なかに銀無垢の懐中時計が入っていた。

高価な物には違いないが、ミリアでも何年か——数年しっかり仕事を頑張れば手が届きそうな品だ。

『大丈夫、傷を付けたり、無くしたりしたからって弁償しろとケチなことはいわない。私の部下がこんな場所で仕事をしているのを見過ごすわけにはいかないというだけだ』

いまは時間がないから、これぐらいしか助けになれなくて申し訳ないな。

そう続ける彼に、ミリアは首を傾《かし》げた。

『部下？』

『君は文官だろう？　私より階級が上にはみえないから、部下で間違いないと思うよ』

彼はそう言うと、ミリアに向かって目映《まばゆ》いばかりの笑みを浮かべた。

曇天から光が差し込んだような気がした。何なら光からは天使が舞い降りてきてラッパを鳴らしたような気がしたし、空には虹がかかった気がしたし、背後には薔薇《ばら》の花が散ったような気がした。とにかくとても眩《まぶ》しかった。

『私の名前はマティ・エンフィール。今日から宰相補佐としてここで勤める。時計は用が終わったら補佐室まで返しにきてくれ』

後から知ったことだが、彼——マティ・エンフィールはその日、諸国での遊学を終えて帰国した所だった。国王に挨拶に行く途中で、寒空の下に机を持ち出して仕事をする奇妙な事務官を見つけたのだ。

ミリアは借りた時計を手に事務室へ戻り、無事に仕事を終えた。

そして返却に行った所で、その時計が、彼の部下への贈り物だと知ったのだ。

『ひどいですよ、マティ様。それ、僕にくれるって言ってた時計でしょう?』

『悪かったよ、ユーベル。事情があったんだ。お前にはまた新しく買った物を贈るさ』

ユーベルは彼の乳兄弟で、遊学にも付き添っていった側近だ。マティが宮殿に勤めることになったので、正式に部下となった。懐中時計はその記念に贈る物だったらしい。

『申し訳ありませんでした……!』

誰かが一度でも使用した中古では、記念品にはならない。

ミリアは結果的に、この懐中時計の価値を損ねてしまったことになる。

青ざめて頭を下げると、二人は慌てた様子で『いやいや』と首を横に振った。

『貸したのは私だし、君が謝ることはなにもない』

『そうですよ、この人が悪いんです』

ユーベルの軽口に、マティが困った様子で頭をかく。

それをさらに一つ二つ揶揄《からか》ってから、ユーベルは笑顔でミリアを見つめた。

『いや、本当に気になさらないでください。さっきのは冗談です。先に誰かが使ったからイヤだとか、そんな我《わ》が儘《まま》ではありませんよ』

『でも……』

素直に頷けずにいると、マティが思いついたように『そうだ』と言った。

『なら、この懐中時計は君に贈ることにしよう』

『え？』

『は？』

ミリアとユーベルの声が重なった。

目を丸くする二人に、マティがにこりと笑う。

『だが、今すぐというわけじゃない。ミリア・ティーブバレー……君はとても優秀なようだ。事務官の採用試験で満点を取ったと聞いたよ。うちの事務官の採用試験は、上級も下級も問題が同じなんだ。だから普通は、下級事務官に応募してきた人間が満点を取るなんてことはあり得ない』

ミリアは菫色の瞳を泳がせた。

この短い時間に、自分の経歴を調べたのか。彼のような上級官職の人間が、ミリアの存在を認識しているだけでもすごいことだ。

何より、彼の薄い唇に自分の名前が乗ったことに、ミリアは激しい動揺を覚えた。

表情には出ていなかったと思うけれど――すごく、ドキドキしたのだ。

『私はいつか宰相になる。その時、君が私の補佐官として働いてくれることを期待している。まずは今の仕事で成果を上げ、立派な文官になってくれ』

銀の懐中時計を見せながら、マティは言葉を続けた。

『この時計は、君が私の補佐官になってくれた時にあらためて贈ることにしよう』

試すようにミリアを見つめるアイスグリーンの瞳。

その時の高揚感を、どう言葉にすればいいのだろう。彼の言葉を理解するのに少し時間がかかり、意味が分かると心臓がぎゅうと締め付けられた。手の指先が痺れ、足が地に着いていないような感覚になった。カッと頬が熱くなって、飛び上がりたいような、ひれ伏したいような、そんな気分になった。

『この人たらし』

ユーベルが軽口を叩《たた》く。

『人聞きが悪いな、私の本音だ。それに彼女は理不尽な待遇にも負けず、外に机を持ち出してまで仕事をしていた。そういう肝の据わった部下が、私はお前の他にも、もう一人欲しいんだ』

『あ、ほら！　さりげなく最後にぼくを持ち上げて！　そういう所が人たらしなんですよ』

文句を言いつつもユーベルは嬉しそうだ。

ミリアはマティが持つ懐中時計を見つめた。

人に期待されるなんて、いつぶりだろう。

誰かが自分の存在を認め、待ってくれている。それもいつかは宰相になろうと言う人が。

胸のなかは熱いものでいっぱいだった。

彼の期待に応えたいと思った。応えられる人間になりたいと。

この瞬間から、ミリアはマティの信奉者の一人になったのだ。

いつか堂々とあの懐中時計を受け取る。そのためなら、もうどんな不条理にも負けない。

ミリアはそう意気込んだが、自分を取り巻く環境はその日を境に一変した。

まず、ミリアに嫌がらせをしていた上官が変わった。新しい上官は厳しかったが、人を性別で差別することはなかった。責任感のない同僚らは上官の厳しさに耐えきれず辞めていき、ミリアはその後一年で上級事務官に出世した。

その頃には女性の高官も少しずつだが採用されるようになっており、仕事はかなりやりやすくなっていた。

ミリアはこの環境の変化が、マティによるものだと気付いていた。

直接お礼を言いたいと何度も思ったが、彼はミリアがそうそう簡単に会える人物ではない。

宰相補佐——それも、次期宰相としてその立場にいる人だ。時々廊下ですれ違っても、道を空けて頭を下げ、通り過ぎるのを待つだけ。

そして、マティはいつも多くの部下に囲まれていた。

——私との約束なんて、もう忘れてしまっているかも。

彼と初めて出会った日から二年が過ぎた頃には、ミリアはそんなふうに思うようになっていた。

仕方がないことだ。

マティには十分よくしてもらった……そう、分不相応なほどに。

彼に懐中時計を借りた。直接、励ましの言葉をかけてもらった。正当に評価される環境を整えてもらった。

満足するべきだ。だけど――。

ため息を落とした時、ミリアは西塔前の広場にいた。

いつかと違って季節は春で、うららかな昼下がりだった。広場の隅っこには人から見えにくい木陰があって、そこのベンチで休憩時間を過ごすのがミリアの日課になっていた。

『ティーブバレー女史？』

背後から声をかけられて、ミリアはぎょっと振り返った。

『エンフィール補佐官様！』

『久しぶりだね、休憩中かい？』

『はい……補佐官様はどうしてこちらに』

『君と同じ、休憩だ。どこにいても休めないとくたびれていたら、ユーベルがここを教えてくれたんだ』

ユーベルもこの場所を知っていたとは。

驚いていると、マティはぐっと伸びをしながら『隣いいかい？』と訊ねてきた。

マティが、同じベンチの端っこに腰掛ける。ミリアとの間には人ひとり分の隙間が空いていたが、心臓は爆発しそうだった。手を伸ばせば届く距離に、ミリアにとって至高の存在とも言えるマティがいるのだ。しかも直接会話をしている。頭がどうにかなりそうだった。

だがこの幸運に甘えてはいけない。

いますぐベンチを彼に明け渡すべきだと思ったが、あろうことか腰が抜けて立ち上がれなかった。

『相変わらず、ティーブバレー女史は落ち着いているな』

鍛え上げた表情筋のおかげで、動揺も、腰が抜けていることもマティには知られずに済んだようだ。

背もたれに肘を乗せてマティが笑っている。

そして冷静にうろたえるミリアの顔を覗《のぞ》き込《こ》んだ。

『上級事務官に出世したと聞いたよ、頑張っているようだね』

驚きすぎて、すぐに返事ができなかった。

『ご存じでしたか……』

『当然だ』

心外という顔で頷かれ、ミリアは思わず俯《うつむ》いた。

——私のこと、覚えてくれていた。

じわりと目の前が滲む。

両親が死んでから、泣くのは二度目だ。王都に来て、どこにも行く場所がないと途方にくれた時以来。

不遇の下級事務官時代だって、ミリアは一度も泣かなかった。

上官のどんな酷《ひど》い仕打ちより、マティの一言にこの心はざわめくらしい。

だけど彼に涙を見せるのは嫌だった。

弱い人間だと思われたくない。誰より、彼にだけは。

ミリアは気合いで涙を引っ込めると、できるだけ落ち着いた声で『ありがとうございます』と返事をした。

顔を上げれば、マティは先ほどと変わらずに微笑んでいる。

どうやら、泣いていたと気付かれずにすんだようだ。

『光栄です』

ほっとすると同時に、彼の目元のくまに気付いた。

『閣下……目元にくまが。お疲れなのですね。少し横になられた方がよろしいのではありませんか？』

『うーん。寝てしまうと、起きられる気がしないんだ……ティーブバレー女史、休憩時間は後どれくらい残っている？』

『まだ休憩に入ったばかりなので、半時間は残っています』

『なら、少し目を閉じるから、五分ほどしたら起こしてもらえないだろうか？　君がまだ、ここで過ごすのならだけど』

『それは、もちろん構いませんが……』

マティから初めて受ける仕事の依頼だ。ミリアは興奮気味に、しかし顔には出さずに頷いた。

――五分……五分……。

ミリアは、相変わらず懐中時計をもっていなかった。

意地悪さえされなければ個人で持っていなくても仕事で困らないし、やはり高価だし——初めて使う懐中時計は、マティから貰うものにしたかったから。

背後を振り向き、西塔の時計を確認しようとしたが、木々が邪魔になって針が見えない。

こんな緊急事態が起こるなら、懐中時計を買っておけばよかった。

静かにうろたえていると、マティがポケットから銀無垢の懐中時計を取り出した。

『時間がわからないなら、これを貸そうか？』

マティは悪戯《いたずら》っぽく目を細めてそう言った。

『それは……』

忘れるはずがない。

以前彼に貸してもらい、いつの日かミリアが貰い受けると約束した物。

『持ち歩いていらっしゃるのですか？』

『そうだよ、いつ君が私の側近になってもいいようにね』

つんと鼻の奥が痛くなった。

涙は今度も堪えたが、鼻の頭が赤くなっている気がして、咄嗟《とっさ》に指先でつまんで隠す。

『期待しているといっただろう？　ミリア・ティーブバレー』

どんな宝石より美しく、澄み渡ったアイスグリーンの双眸がミリアを映している。

ミリアは息を呑《の》むと、差し出された懐中時計をうやうやしく両手で受け取った。

——人たらし。

ユーベルの言葉が脳裏に蘇《よみがえ》る。

まさしくその通りだと思った。世界中の誰一人、彼の魅力にはあらがえないのではないか。そんなことすら考えてしまう。彼のために生き、彼のために死にたいと思う部下がこれから先いくらでも現れるのだろう。

マティは、きっと人の上に立つために生まれてきたのだ。

『……五分ですね』

忙しいマティの時間を無駄にはできない。ミリアは文字盤に視線を落とした。

マティが口元に笑みを浮かべ、背もたれに肘を乗せたまま目を閉じる。

心地よい風に木々がそよぐ。遠くで人の声がする。でも、静かだ。

ミリアは少し躊躇《ためら》ってから、マティの顔を見つめた。瞼《まぶた》を閉じている彼も、とても美しい。寝入ってはいないだろうから、瞼の奥で眼球が僅かに動いている。ミリアはそれを、永遠に見ていられるような気がした。睫毛も長い。先祖代々何を食べてきたらこんな睫毛になれるのだろう。髪の色に近い、少し濃いめの金色の睫毛。じっと眺めているうちに、ミリアの胸はぎゅうと絞られるように苦しくなった。

——自分が、男に生まれたら良かったのに。

そうすれば、彼をただ純粋に尊敬し、崇拝し、仕えられただろう。

ミリアは、それだけではいられない。彼に惹《ひ》かれているのだ、異性として。

——愚かだわ。

多分、ひと目見た時から心を奪われていた。

好きになって良いかどうかなんて考える前に、この心は恋に落ちていた。

彼の立場を知り、その人柄を尊敬するようになってからも、気持ちは膨らむばかりだ。

心というものを制御する方法があるのなら、誰でもいいから教えてほしかった。

それからマティは時々西塔の広場へやってきて、ミリアの側で仮眠を取るようになった。

時間は決まって五分。

その五分はミリアの支えとなり、恋心を募らせる養分ともなった。

そして更に二年後。

マティは王国の歴史上最も若い宰相となり、ミリアはその補佐官に取り立てられた。

銀の懐中時計もまた、名実ともにミリアの物になったのだった。


——懐かしい……という程、昔のことではないけれど。

時計を目の前に掲げ、菫色の瞳を細める。記念品だとか、思い出の品だとか。そんな言葉では表しきれないほど、大切な宝物。

かけがえのない五分を共に過ごした、ミリアにとっては恋の象徴でもある。

――どうすれば、マティ様への想いを断ち切れるのかしら。

ミリアは真剣に悩んでいた。

この心にある不純物を取り除き、彼のただ忠実な部下になりたいのだ。

だがマティは完璧な人間だ。

優しく、紳士で、高潔で、公平で、平等で――彼にはおよそ欠点という物がない。

そばにいると、好きになっていく一方だった。

――何か、切っ掛けさえあれば……。

例えば、マティが結婚をするとか。

その想像をしただけで、心臓をぎゅっと握りつぶされた気がした。

マティは仕事が忙しいことを理由に、まだ結婚をしていない。どういうわけか婚約者もいないようだ。

だからって『もしかして自分が』なんてことは考えない。

彼の隣に立つのは、公爵夫人となるのに相応《ふさわ》しい女性。

想像すると苦しいし、実際にその時を迎えたらもっともっと苦しいのだと思う。

だけど、その時にはきっと彼への想いを捨てられる。

自分は、大恩あるマティと、その家族の幸福を心から願える人間であるはずだ。

万が一、それでもまだ恋心を捨てられなかったら、潔く職を辞す覚悟もある。

――だからそこまで、私がこの想いを隠しきればいい。

そう難しいことではない。

ミリアには無敵の表情筋がある。下級事務官時代の仕打ちにも顔色ひとつ変えず耐え抜いた、鋼鉄製だ。

マティの前でも、これまで心の内を顔に出したことは一度もない。

何なら笑顔を見せたことすらない。

だから、きっとこのまま過ごせば良いのだろう。

それで何も問題は起こらない。

他は全て順調なのだから。

仕事にはやりがいを感じている。マティの補佐官になってからは、女官たちの妬《ねた》みをぶつけられることが増えたが、仕事には影響がないので対して痛くない。ちゃんと仕事ができて、正当に評価されるいまの環境にとても感謝している。宰相補佐という立場には誇りもある。

給金も十分だ。借金は利子もあるが、あと十五年ほどで完済できるだろう。ティーブバレー領を取り戻すのも、もう現実的な話だ。

その頃には、ミリアは三十七歳。

結婚はすでに諦めている。

いまのミリアは借金まみれで、返済いっぱいいっぱい。持参金も用意できないから、まともな男性は相手をしない。

ミリアもまた、こんな状況で家庭を持つなんて考えられなかった。なにせ完済までは何があっても働き続けなくてはならないので、それまでは子供を作れない。

それにティーブバレー領を取り戻した後も、できればいまの仕事を定年まで続けたい。領地の運営は信頼できる人に手伝ってもらう必要があるから、まずはグレスク侯爵夫人に、このまま力を貸してもらえるよう頼んでみるつもりだ。

跡継ぎは養子をもらえばいい。

そうすれば、ティーブバレーの名前は残る。

ミリアは、いまはそれでいいと思っていた。

——大丈夫よ……。

時計を握りしめ、胸に寄せる。

——だから『その時』まで、こっそり閣下を思うことぐらい……きっと大丈夫。

ミリアが進むべき道は決まっていて、僅かな迷いもない。

不安要素はこの心だけだが、それも彼が結婚を決めるまでの間だけ、秘めやかに想っているぐらいは問題もないはずだ。

遠くから人の足音がして、時計をポケットにしまう。

そしていつもと同じように表情を消し、前を向いて歩き始めた。

夕暮れ時。

終業の鐘が鳴ると、ミリアはマティの執務室へ向かい、一日の仕事をまとめた報告書を提出した。

「ご苦労」

書類から顔を上げたマティが、満足そうに微笑む。

執務室の大きな窓からは西日が差し込んでいて、彼を背後から照らしていた。

金色の髪が、いつもに増してきらきらしている。何というか、神々しい。マティ自身が発光しているようだ。

「ミリア」

真顔でじっと彼に見蕩れていた所に声をかけられ、慌てて「はい」と返事をした。

マティは、直属の部下しかいない場所ではミリアを名前で呼ぶ。

他の補佐官のことも名前で呼んでいるから合わせているだけだろうが、いまだに毎回ドキドキしてしまう。ミリアは心のなかで借金の利子の計算を始めた。これをすると頭が冷えて、マティ絡みの動《どう》悸《き》に効くのだ。

「この後……終業後という意味だが、何か予定はあるだろうか？」

十年後の利子まで計算を終え、別の意味で動悸がしてきた所だった。

「いいえ？　特に」

直前まで利子の計算をしていたせいで、咄嗟に頭を切り替えられなかった。

何しろマティがそんなことを訊いてくるのは初めてだ。

首を捻《ひね》ったが、少し考えてみれば、その発言の意図は一つしかない。

「残業ならできます」

「いや、そうではなくて……いま、空腹は感じていないか」

まさか残業の話でないとは。

ではこれはいったい何の話なのだろう。

さっぱり分からないが、他でもないマティの問いかけだ。何か重要な意味があるに違いない。ミリアは目を閉じると、胃に全神経を集中させた。空腹、空腹――。

「仕事を終えたあとですので、相応に空腹は感じております」

「そうか……なら、何か食べたいものはあるだろうか」

「食べたいもの、ですか……」

質問を受け、さらに深く胃袋と意識を同化させていく。

「鶏の皮を……」

「鶏の皮？」

「はい。街に、鶏の皮だけを安く卸している店があるのです。そこで買った鶏皮を油できつね色になるまで揚げ、塩を振ったものを食べたいと思います」

「それは……そこの店の鶏皮でないといけないのだろうか？」

「はい、安いので。他のお店では鶏皮だけを売ってはくれないので、非常に高くつきます」

給料日にだけ食べるご馳走《ちそう》メニューを脳裏に思い浮かべながら、しみじみと答えた。

節約のため、ティーブバレー領を出てからこの七年、肉といえばそれしか食べていない。

普段は野菜くずを使ったスープか、乾パンばかりだ。

もったいないので、昼食も基本は摂《と》らない。それをマティや同僚に言うと心配されるので、サンドイッチを持ってきていることにしているが。

――今日は給料日ではないから、鶏皮は買えないけれど。

だが「いま一番食べたいのは何か」と訊かれたら、ミリアは鶏皮の揚げ物が食べたい。

「……閣下、これは何の質問でしょう。何か統計でもとっていらっしゃるのですか?」

いよいよ何の話かわからなくなってきて、ミリアは目を開けた。

マティはなんとも言えない顔で、頬杖《ほおづえ》をついている。

「いや……何でもない、訊いてみただけだ」

頬杖をつく手を変えて、マティは口元に笑みを浮かべた。

だが涼やかなアイスグリーンの瞳は、いつもより元気がないようだ。

――閣下が意味のない質問をされるなんて。

何かあったのだろうか。

ミリアは、少々彼が心配になった。

「……お疲れですか？　閣下」

「そうだな。少し、疲れているのかもしれない」

「では、時間を計りましょうか？」

訊ねると、マティの形の良い眉がぴくりと上がった。

「久しぶりだな」

ミリアは、マティがすぐに意図を察してくれたことに喜びを感じた。

広場で仮眠を取る手伝いをした時間は、ミリアにとってはかけがえのない大切な思い出だが、マティにとっては日常のひとこまに過ぎなかったはず。

マティが宰相となり、ミリアが補佐官になってからは、互いに忙しくその時間も無くなっていた。

「五分でよろしいですか？」

ポケットから懐中時計を取り出して訊ねる。

マティは切れ長の目を柔らかく細めた。目覚めに朝日を見た時のような、どこか眩しそうな顔で、じっと懐中時計を見つめている。

「ああ……頼む」

頷いて、マティが目を閉じる。アイスグリーンの輝きが瞼の奥に隠れると、ミリアの体から少し力が抜けた。彼に見られている時、この体はいつも緊張している。

手近な椅子に腰を下ろし、文字盤に視線を落とす。

耳を澄ますと、チッチッチッ……と時計のなかで歯車が動く小さな音が聞こえた。

――大丈夫。

ミリアは心のなかでそう唱え、顔を上げた。

マティが目を閉じていることを慎重に確認してから、じっとその顔を見つめる。

――大丈夫……きっと、いつか、この想いは恋ではなくなるはず。

昼間の自問に、自答を繰り返す。

いま胸に感じているときめきも、二人きりでいる幸福感も、いずれは薄れていくはずだ。

これは自分の若さが生んだ一時の感情に過ぎない。

そうでなくては困る――彼のそばに居続けるために。

ミリアは長い息を吐くと、再び時計に視線を落とした。

そして五分が過ぎるまで、もう顔を上げることをしなかった。

第二章

「舞踏会……私がでしょうか?」

終業後。

報告書の提出に執務室を訪れたミリアはそう首を傾げた。

我ながら素っ頓狂な声が出てしまったが、幸い人が聞いて分かる程ではなかったようで、目の前のマティは気にしていないようだ。

彼はいつものように執務椅子に座り、背後から西日を浴びて発光している。机の上に両肘をついて手を組み、わずかに顔を傾けている角度の美しく見えること。

穏やかな表情を浮かべ、澄み渡るアイスグリーンの瞳をこちらに向ける彼は、今日も完璧だ。

「そうだ、君にも出席してもらえないだろうか。来月、近隣諸国の要人らを招いての会合があるだろう。その夜に開かれる宮廷舞踏会だ」

涼やかな声で、マティがそう説明を補足する。

だがミリアは近々会合があることも、宮廷舞踏会が開かれることも知っている。何なら予算案を組んだのはミリアだ。いまは社交界シーズンでもないので、大きな舞踏会といえばそれぐらいしかない。

なので、この補足は少々ピントがずれている。

マティにしては珍しいと首を捻りつつ、ミリアは口を開いた。

「理由をお伺いしてもよろしいですか？」

「ああ……エスティア王国のジェフリーを覚えているだろうか？」

「もちろんです」

ミリアはすぐに頷いた。

エスティア王国といえば、このリースペリアの長年の同盟国だ。

世界的に権威のある大学を有しており、マティも若い頃はそこに留学をしていた。

ジェフリーはその国の侯爵家の次男で、マティの学友だったと聞いている。

いまは外交官を勤めていて、ミリアも一度仕事で話をしたことがあった。

「ジェフリーは前回の外交で君と話をし、非常に優秀な官吏だと感心したらしい。エスティア国の課題についてぜひ君の意見を聞きたいから、舞踏会で話す時間を作ってくれと頼まれた」

「それは、光栄ですが……なぜ、舞踏会なのですか？　会合の後に時間を取るのでは、何か問題があるのでしょうか？」

「あまり堅苦しくせず、気楽に、ゆっくり話したいという先方の希望なんだ」

マティが手を組み替えながらそう告げる。

なんとなくその手元に視線を落としながら、ミリアは菫色の瞳を揺らした。

——こんなことは初めてだわ。

確かに、紳士たちは社交の場でワインを片手に、談笑しながら仕事の話をすることがあるようだ。商談などは、その方がまとまりやすいとも聞く。

だが文官のミリアに、そんな経験はない。というか地中にめり込むレベルで没落しているので、そもそも舞踏会などの社交場に出たことがない。

ジェフリーは他国の貴族だから、ミリアの事情もよく知らず、軽い気持ちで誘ったのだろう。

「もちろん、これは命令ではない。嫌だったら断ってもらって構わない」

長い睫毛を僅かに伏せ、また手を組み替えながらマティがそう言った。

完璧な上司である彼は、部下に何かを強制させたりしないのである。

その事に、ミリアはほっと胸を撫《な》で下ろした。

「では、お断りさせてください」

きっぱり告げると、マティがまたもや手を組み替えた。

「理由を訊いても良いだろうか?」

質問の答えを用意するより先に、ミリアは彼の手元に釘付《くぎづ》けになった。

——三回。

三回だ。この会話の間に、マティは三回も手を組み替えた。

我ながら気付くのが目ざといが、こんなことは滅多にない。だって、まるで彼から落ち着きが欠けているように見える。だがマティは、突如足下の大地が割れても平然としていられる人だ。

——それに……落ち着きがないというよりは。

もっと相応しい言葉がある気がする。少し考えて、緊張と言う言葉が頭に浮かんだ。

しかし、それだってあり得ない。マティの辞書に緊張という文字はないのだから。

ミリアは視線をそっと前に戻した。端正な顔に浮かぶ表情はいつもと変わらない。

——きっと私が気にしすぎなんだわ。

彼だって、頻繁に手を組み替えたいときはあるだろう。

『マティ様が緊張しているかも？』なんてあり得ない考えを、ミリアは軽く頭を振って一蹴した。

「閣下……ご存じの通り、私は貴族といえど名ばかり。ドレスなど一着も持ってはおりません」

舞踏会へ——それも宮廷舞踏会に出席をするなら、相応の装いが必要になる。

だがミリアは当然そんな物を持っていないし、買うお金もない。

——それは、まったく興味がないとは言わないけれど。

上流貴族だけが参加を許される宮廷舞踏会は、貴族令嬢のみならず、全女性の憧れの場だ。大理石のホールに、煌々《こうこう》と輝くシャンデリア。女性はみな蝶《ちょう》か花かという装いで、時にはそこでロマンスも生まれる。

ミリアも子供の頃、無邪気に憧れたものだ。

だがいま興味を惹かれているのは、まったく別のことだった。

——着飾った閣下は、きっと、とても凜々《りり》しいのでしょうね。

舞踏会の場に立つマティ・エンフィールを、ひと目見てみたいのだ。

ミリアは職務中のマティしか知らない。

長い金色の髪はいつもきっちり後ろでまとめ、白いコートを羽織っている。

舞踏会ではきっと着飾っているはずだけれど、ミリアには想像も付かない。髪型は？　髪を下ろしていたりして。あの蜂蜜のように煌《きら》めく髪を靡《なび》かせて歩くマティは、いったいどれほど凜々しいのだろう。

遠目にちらっとでいい、そんなマティを見てみたい。

だが悲しいかな、その為だけに高価なドレスを買う蓄えはないのである。

内心でとほほと肩を落とした時、マティがさらに手を組み替えた。

「ドレスなら私が贈ろう」

「……は？」

今度こそ声が上ずった。

鋼鉄の表情筋はこんな時も良い仕事をしていて、驚きが顔に出ることはなかったが、頭のなかは大混乱だ。

——どうして？

意味が分からない。

いまの話のどこに、マティがミリアにドレスを贈ることがあるのか。

唖然として次の句を継げないミリアを、マティは真《ま》っ直《す》ぐに見つめた。

「ドレスは、私が贈る。靴や装飾品もだ。他にも必要なものがあれば、全て私が用意しよう」

「あの……ですが、閣下……」

「エスコートも私がする」

ひと息に言い切って、マティは組んだ手の上に額を置いた。

彼の耳が少し赤い気がする。そんなはずはないと自分に言い聞かせる余裕もないぐらい、ミリアは動揺していた。菫色の瞳が右へ左へ泳ぐ。心臓が破裂しそうなほど激しく騒いでいる。

えすこーと。エスコート。エスコートといったらあれだろうか、腕を組んで舞踏会に一緒に行ってくれる、ああいうのだろうか。

「か……閣下が、私のエスコートを……してくださるのですか？」

他にも色々と訊かなければならないことがある気がするのに、『エスコート』という単語で頭がぱんぱんで、それしか口から出てこなかった。

目の前に突然大量の金貨が降ってきたようだ。

夢と希望で頭を強打され、目の前に星が舞っている。

「そうだ。……迷惑だろうか？」

「迷惑……では、ありませんが……」

答えると、マティが顔を上げた。切れ長の目元が熱っぽい。照れているのだろうか。いや、そんなまさか。

「……そうか、良かった」

ほっとしたように彼が笑う。

その瞬間、胸がぎゅっと絞り上げられたように苦しくなった。

いますぐ「喜んで！」と声を弾ませて答えたい。けれど良いのだろうか。公爵子息にドレスを贈られ、エスコートをされるというのは、どういう意味を持つのだろう。軽い気持ちで受けたら後悔をするのではないか。けれどマティにエスコートをしてもらえる機会なんて、二度とない。一度ぐらい夢を見たって許されるのでは？　いや、けれど――。

――ダメ、分からないわ。

頭のなかがグルグルして、なんだかもう、吐きそうだ。

アイスグリーンの瞳がじっとこちらを見つめている。それがまたミリアをより落ち着かない気分にさせた。

「す、少し……考えさせてください」

手を腹の前で重ね、声を絞りだすようにしてそう答える。

それがいまのミリアにできる、精一杯の回答だった。

仕事を終えたミリアは、ふわふわとした足取りで寮へ戻った。

リースペリア宮殿の広大な敷地には女子寮がいくつかあるが、ミリアが住まいとしているのは貴族令嬢たちが暮らす女官寮――の、屋根裏である。理由はもちろん、格安で借りられるからだ。

部屋は非常に狭くベッドも置けないので、宮殿で使わなくなった二人がけのソファを持ち込んで代わりにしている。あと荷物といえば衣服と本ぐらいだが、ミリアはほとんど私服をもっていないし、本も宮殿内の図書室で借りては返している。

困った点といえば、採光窓が小さく一つしかないので、日中でも室内が暗いこと。だが、それも格安の寮費を思えば文句も出ない。

「ミリアさん、荷物が届いていますよ!」

寮の建物に入り、階段をのぼりかけた所で寮監にそう声をかけられた。

「荷物?」

「はい、つい先ほど、エンフィール公爵家からです。大きな荷物でしたので、部屋に運びこんでいただきました」

「エンフィール公爵家……閣下からですか」

まだ夢見心地でいたミリアは、それを聞いて目を瞬かせた。

いったい何だろう。

ミリアは寮監にお礼を言うと、足早に階段を上がった。

二階廊下の突き当たりにある物置に入り、さらに壁に掛かる梯子《はしご》を登って、天井の一部を押し上げる。ちなみに他の住人は、ここを物置と知らずミリアの部屋だと思っているようだ。おかげでミリアが屋根裏に住んでいることは噂《うわさ》になっていない。

よいせと部屋に入ったミリアは、そこで目を眇めた。

「……衣装箱？」

高い位置にある小窓から、茜色の日差しが一筋伸びるその下に、大きな衣装箱が置かれている。留め具の所に公爵家の家紋が彫られた立派な衣装箱で、非常に貫禄《かんろく》がある。

ミリアは腕を組んでそれをしばらく見下ろすと、意味もなく箱の周りを三周してから前に座った。

今日はずっと予想外のことが続いていて、まったく冷静になれない。

——中身は何かしら。

脳裏をよぎるのは先ほどの会話。

まさかドレスだろうか。

だがそんなすぐにドレスが出来上がるわけがない。ずっと前からひそかに準備していたのでもない限り——。

奇妙な期待をしている自分に気付いていて、ミリアは首を横に振った。

とりあえず開けて見るしかない。

ごくりと息を呑み、両手で蓋を持ち上げる。

「……あ」

思わず声がもれた。

衣装箱にしまわれていたのは、目が覚めるほど美しい薄紅色のドレス。

絹地はきらきらと光沢があって、見るからに手触りが良さそうだ。襟回りにはフリルがあしらわれ、とても華やかである。

ミリアは息をするのも忘れてドレスに見蕩れた。

――なんて素敵なの……。

ドレスや装飾品などに憧れはないと思っていたが、間違いだったようだ。

自分の胸は、いま間違いなくときめいている。

立ち上がって、そっと両手でドレスを持ち上げてみる。裾には銀糸で薔薇の刺繍。非常に豪華だが、けばけばしくはなく、上品だ。

まだ、自分に何が起きているのか分からない。

混乱したまま、とりあえずドレスを自分の体に合わせて見る。サイズはぴったりだ。

腰回りや裾など、着てみると多少違和感があるのかもしれないが、すぐに直してもらえる範囲だろう。

――閣下が、これを……私に？

夢でも見ているのだろうか。

いや、夢のはずがない。夢なら自分の頭が生み出したことになる。ミリアではこんなこと想像すらできなかった。

「……どうして？」

ずっと夢見心地でぼんやりしていたが、現実のあまりの突拍子のなさに逆に冷静になってきて、ミリアはぽつりとそう呟いた。

いかにも高価なドレスを持っているのも怖くなってきて、丁寧に畳んで衣装箱にしまいなおす。ミリアの年収ぐらいの価値がありそうなドレスだ。手汗で汚しでもしたら、領地を取り戻す日がまた遠くなってしまう。

――わけがわからないわ、閣下はいったいどうされたというの。

そもそもなぜマティがミリアにドレスを贈るのか――ということも、結局訊きそびれてしまっている。

――ドレスは……多分、閣下がそれだけジェフリー様との友情を大切にされている……ということよね？

ミリアを舞踏会に誘っているのは、ジェフリーだ。

きっとジェフリーには他にエスコートすべき女性がいて、マティが代わりを務めることになったに違いない。そしてジェフリーのために、なにがなんでもミリアを舞踏会に連れ出したくて、こんな高級なドレスを……。

――贈るかしら？　閣下が？

マティは基本的に他人に寛容だが、自身には少しの不正も許さない厳しさを持っている。周りが「それぐらい」ということを、他人には許しても、自身には決して許さないのだ。

彼がいつも浮かべている柔らかな笑みの裏側には、鉄壁の理性がある。

その彼が、友人のためにという理由で、部下に突然ドレスを送りつけたりするだろうか?

ミリアはまだ返事もしていない。普段の彼なら、もっと順序を守るはずだ。

考えれば考えるほど分からなくなってきて、ミリアは眉間を指でつまんだ。

同時に、頭の端っこで悪魔が囁《ささや》きはじめる。

――もしかして、閣下は私を……。

マティは友人のためではなく、一人の男性としてミリアを舞踏会に誘っているのではないか。

そんなことを考えている自分に気付いて、ミリアはぞっと全身を震わせた。

――何を馬鹿な……あり得ないことを考えてはいけないわ。

その想像は甘い毒だと知っている。

ミリアはいつか、この心にひそかに抱えている恋情を捨てなくてはならないのだ。

補佐官として働き続けるために。

いまならきっとできる。

彼を愛しているが、所詮は手の届かぬひとだ。

夜空の星に手を伸ばしたり、絵画のなかの人に声をかけたりするのと変わらない。

届かない、返事がないと分かっていれば、そんなものだと諦められる。

けれどもしも僅かでも期待していたら？

ミリアはきっと、この想いを捨てられない。

彼に婚約者でもできた日には、愚かにも嫉妬をしてしまうかもしれない。

そして『もしかしたら彼の隣にいたのは自分かもしれない』と想像をして、胸が張り裂けるような苦しみを味わうだろう。

そうなったらもう終わりだ。

補佐官として彼の隣にもいられなくなり、仕事まで失ってしまう。

当然領地も取り戻せない。

ミリアは視線を左右に彷徨《さまよ》わせてから、美しい薄紅色のドレスを見つめた。

天窓からの日差しがドレスを照らしている。

だが少し顔を上げると、一筋の光にはちらちらと埃《ほこり》が舞っていて、背後には狭く暗い屋根裏の光景が広がっていた。

――こっちが現実。

華々しい人生を歩む彼と、自分の人生が交差することはない。

宰相と、その補佐。上司と、部下。

それが彼とミリアの全て。

ミリアは口元に小さく笑みを浮かべ、衣装箱の蓋をしめた。

マティがどういうつもりで自分にこのドレスを送り届けたのか、これ以上一人で考えるのはよそうと思った。

自分にはマティの考えなど想像もつかないし、悶々《もんもん》とする内につい都合のよいことばかり浮かんできてしまう。

理由を知りたいなら彼に直接訊くか、彼が話してくれるのを待つべきだろう。

どちらにせよ、舞踏会への答えは一つ――。

深い息をはき、顔を上げる。

そして衣装箱を傷つけないように部屋のすみに運ぶと、そのまま自身の日常へと戻ったのだった。


舞踏会当日。

華美に飾られた宮殿の大ホールには楽団の奏でる音楽が流れ、集まった貴族たちはそれぞれダンスをしたり、ワインを片手に談笑したりと、思い思いに楽しんでいる。

マティは招いた要人らに一通り挨拶を終えると、追いかけてくる令嬢達から逃げるように、大理石の柱の陰に隠れた。

――疲れたな。

本当はもっと要人らと交流を深めるべきだと分かっているが、今日は正直、あまりやる気になれなかった。自分にしては珍しいことだ。

だが今日は宰相ではなく、エンフィール公爵家の嫡男としてここに招かれている。

服装も職務中とは違い、華やかな刺繍を施したベストの上に、黒いコートを纏っている。金色の髪もゆるやかに一つに束ねて肩に流し、貴公子然とした格好だ。

仕事で来ているわけではないのだから、少々気を抜いても許されるだろう――そう誰にともなく言い訳をしてから、マティは一つため息をついた。

――ミリア……。

その名前を心のなかで呼ぶと、ますます気分が落ち込んでくる。

「ここに隠れていたのか、マティ」

うなだれた所で声をかけられた。

顔を上げると正面に、黒い髪を後ろに撫でつけた長身の男が立っている。

匂いたつような色気に溢《あふ》れた男――マティの友人、ジェフリーだ。

「ジェフリー……ユーベルも一緒か」

見れば、彼のすぐ後ろにはマティの部下であるユーベルもいる。

赤い髪に丸眼鏡をかけた小柄な男で、マティと目が合うとちょこんと頭を下げた。

おそらくジェフリーに「マティはどこか？」と訊かれ、一緒に捜していたのだろう。

「聞いたぞ、例の彼女に振られたらしいな」

ジェフリーはマティの隣にもたれかかると、ぶしつけにそう言葉を投げつけてきた。

瞬間、ふっと意識が遠のきそうになる。

――危ない所だった。

あと少し気を抜いていたら、ダメージが深すぎて死んでいたかもしれない。

魂が抜けていきそうなのを堪え、マティは口元に笑みを浮かべた。

「……ジェフリー、私は彼女に振られたわけではない」

「だがこの舞踏会に誘って断られたんだろう？　マティ……これまで一度も女を口説いたことのないお前には分からないかもしれないが、世間ではそれを『振られた』と言うんだ」

――辛《つら》い。

ぐうの音も出ずただ微笑むマティに、ジェフリーは軽く肩を竦《すく》めてみせた。

「せっかくオレがお膳立てしてやったのにな。だが……どうせ、はっきりと想いを告げてもいないんだろう？」

「……簡単に言えるはずがないだろう」

呆《あき》れたように言われて、マティは首を横に振った。

「部下なんだ」

マティはそう続けると、柱から顔をだして会場を見渡した。

すると、すぐに早足で歩くミリア・ティーブバレーの姿が見えた。しかし彼女はドレスを纏っていない。いつもの文官服ですらなく、メイドの制服を着て働いている。

『やはり舞踏会には行けません。ジェフリー様が舞踏会で私と話すことをお望みなら、当日はメイドとして働きます。お給金も出ると大変ありがたいのですが……』

舞踏会に誘った翌日、彼女はそう言ってマティのエスコートを断った。

もちろんマティは『そこまでする必要はない』と言ったが、彼女が『舞踏会には興味がありませんが、ジェフリー様とお話はしてみたいので』というので、渋々頷いたのである。

——ジェフリーとは話がしてみたい、か……。

考えれば考えるほど、心が沈んでいく。

先ほども会場でミリアとすれ違ったが、彼女は一言も口を利かず、じっと厳しい眼差《まなざ》しを数秒こちらに向けただけで去って行ってしまった。

——やはり……怒らせてしまっただろうか。

舞踏会に誘った後、マティは焦るあまり、彼女の返事を聞く前にドレスを送ってしまった。

あれは失態だったと、深く反省している。

マティはうつろな目で、動き回るミリアの姿を追いかけた。

赤味《あかみ》の強い金色の髪を隙なく結い上げ、真顔でテキパキ働く様はまるで歴戦のメイドだ。

――ああ、好きだな……。

どれだけ落ち込んでいようと、生真面目な彼女の姿を見ていると愛《いと》しさで胸がいっぱいになる。

――いつからだろう……彼女をこれほど想うようになったのは。

少なくとも初めて出会った時、マティはまだ彼女をひとりの文官として見ていた。

上官に嫌がらせを受け、宮殿の庭に机を持ち出して仕事をする彼女の姿に、マティは素直に賞賛の気持ちを抱いたのだ。

男でも女でも、腹の据わった人物というのは、そう居るものではない。ぜひ部下に欲しいと思った。

ただマティもまだ官僚として駆け出しであったから、彼女を部下に迎えるためにも、まずは自分が出世をしなければならなかった。

彼女の職場環境を整えた後は、マティも自分の仕事に向き合い、しばらくは会話をする機会もなく、ときおり廊下ですれ違う程度だった。

転機が訪れたのは、彼女のそばで短い仮眠を取るようになってからだ。

その頃のマティは、ミリアとの接点の少なさを気にしていた。

いずれ部下にと思う人物なのだから、普段からもう少し交流を持ちたい。

だが日々があまりに忙しく、マティは彼女のための時間をとれずにいた。

すると主人の悩みを汲《く》み取《と》ったユーベルが、ミリアの休憩場所を調べてきてくれたのである。

『ミリアさん、最近は休憩のとき、西塔の庭によくいるそうですよ』

彼はそう言うと、『彼女と話すついでに、マティ様も休憩をとってきてください。目の下、くまで真っ黒ですよ』とマティを執務室から追い出した。

おかげでミリアと会話する時間を持てるようになったのだから、もちろん感謝をしている。

その日をきっかけに、マティは時折、西塔の庭で彼女と話すようになった。

最初に仮眠の時間を計るように頼んだからだろう。彼女は毎回マティの体調を気遣い、仮眠を勧めてくれた。

僅か五分の短い時間で、深く寝入ることはなかったけれど、不思議とよく疲れが取れたものだ。

——あれは……何回目の仮眠の時だったたか。

ミリアの親切に甘えることに慣れた頃、マティはふと、この仮眠が彼女の負担になってはいないかと心配になった。

休憩は彼女にとっても貴重な時間のはず。

たとえ五分でも、積み重なると大きい。

そんな簡単なことにも気づけないほど、ミリアのそばで過ごすのは心地よかったのだ。

マティはおそるおそる薄目を開いた。彼女が迷惑そうな顔をしていないかを確かめたかった。

そして、静かに息を呑んだ。

——彼女は……笑っていたんだ。

それまでマティは、ミリアの笑顔を見たことがなかった。

彼女はいつも真剣な表情で仕事をしていて、喜怒哀楽を顔に出さない。たとえ上官に部屋を追い出されても、淡々とした表情で仕事をする。

マティの知る彼女はそういう人だった。

だがその時のミリアは、確かに微笑んでいた。

鮮やかな紫色の瞳は柔らかく細められ、視線はまっすぐ——マティに向けられていた。

いつも真横に引き結ばれている、女性にしては少し薄い唇は、三日月のように美しい弧を描いていた。

なぜそれまで気付かなかったのか。

きらめく木漏れ日を浴び、銀の懐中時計を片手に微笑む彼女は、間違いなく美しかったのだ。これまで出会った誰よりも。どんな令嬢よりも、どんな姫君よりも。

マティは、彼女が視線に気付かないのをいいことに寝たふりを続けた。

けれど瞼の裏には彼女の笑顔がしっかりと焼き付いて、消えなかった。

これが恋に落ちた瞬間だったのか、それとも、本当はもっと前から落ちていた恋に気付いた瞬間だったのか。

どちらにせよ、この日を境に、マティのなかで彼女の存在が一段と鮮烈になったのは確かだった。

——しかし……それでも、まだ私は節度をもった上官であったはずだ。

彼女に強く惹かれてはいたが、『部下を女性として見るなどとんでもない』という理性がしっかりと働いていた。

自分が恋愛感情を抱いたせいで、ミリアが仕事をやりづらくなってはいけない。

補佐官となったミリアは期待以上に優秀で、彼女の為にも、マティは正しい上官であらねばと思った。

しかしマティもこの歳になり、周囲から結婚を催促されるようになると、ミリアを頭から追い出しつづけるのは難しくなってきた。

結局の所、マティが妻にしたいと思う女性はこの世にただ一人、ミリアだけだからだ。

彼女の凛とした振る舞い、仕事をするときの真剣な横顔、星のようにきらめく菫色の瞳、自分を呼ぶ落ち着いた声、時折触れ合う指先から伝わる体温——変わらない表情の下に隠された、思いやりや優しさ。

一緒に働いている間にも、マティの心の奥ではしっかりと恋が膨らんでいた。

彼女以外の誰かに触れ、愛を乞うだなんて想像できないし、したくもない。

それに、彼女の洗練された立ち居振る舞いや、深い教養、真摯に仕事をこなす姿勢は、誰よりも未来の公爵夫人にふさわしい。

もちろんミリアの家が没落し、借金を抱えていることは知っている。

だが少なくとも自分の両親は気にしないだろう。彼らはマティを信頼してくれているし、幸福を願ってくれている。

それ以外の外野の声は、正直どうでもいい。マティには、それらを黙らせる自信がある。

問題はただ一つ。

当のミリアさえ、この愛を受け入れてくれたのなら――。

「ジェフリー様、そろそろ諦めろと言って差し上げてください。閣下に全く脈はないのですから」

考え込んでいた所にユーベルの言葉が聞こえて、マティはうっと息を詰まらせた。

ユーベルは呆れた顔をジェフリーに向けている。

「先日閣下がミリアさんに贈ったドレスも、結局突き返されたんですよ」

マティは微笑むと、首を横に振った。

「突き返されたわけではないよ、ユーベル。『送り先を間違っていますよ』と言われたんだ」

「同じですよ」

――辛い。

きっぱりと言われて、マティは堪《たま》らずため息を落とした。

そう――問題はただ一つ、肝心のミリアが、マティをこれっぽっちも意識していないことだった。

マティが微笑めばほとんどの女性は笑顔を返してくれるというのに、ミリアだけは絶対に表情を変えてくれない。

彼女の笑顔を見たのも、あの一度だけ。

仕事中に時々指先が触れても、動揺するのは自分ばかりだ。

いつも近くで二人の様子を見ているユーベルの判定は『完全に脈なし』である。

そんな相手から、それも上司からいきなり愛を告げられても、彼女を困らせてしまうだけだろう。

働きにくく感じてしまうかもしれないし、マティが彼女を取り立てたのにも下心があったと思われてしまうかもしれない。

彼女の誇りを傷つけることが、マティは何よりも怖かった。

考えれば考えるほど、彼女への求愛は慎重になってしまう。

――だけど私は……彼女が欲しい。

少なくとも、想いを告げぬままでは諦められそうにない。

理性と欲望の間で愛を持て余し、もうずいぶんになる。

彼女を食事に誘おうともしたが、遠回しすぎて気付いてもらえなかった――ユーベルが言うには『それは閣下が遠回しに断られているんですよ』ということだが、信じたくはない。

長年の友人であるジェフリーにまで心配されて、『オレがお膳立てしてやるから、舞踏会にでも誘ってみたらどうだ？　ドレスの一つでも贈ればお前の気持ちが伝わるだろうし、プロポーズよりは、向こうも角《かど》を立てずに断りやすいだろう』と今回に至った。

つまり今のマティは、ジェフリーの言う所の『角を立てずに断られた』状態であるわけだ。

「私には……彼女以外考えられないんだ」

諦めたほうが良い。諦めるべきだと頭では分かっている。

好意を持っていない相手に、振られてもなお想いを寄せられるというのは、女性からすれば大変な恐怖だろう。

けれど、どうしても納得できない。

マティの人生は、これまでとても恵まれたものだった。

それは自分の人生が完璧だったということとはまた違う。

宰相の座につくまでにはそれなりに苦労もしたし、頭を抱えるようなトラブルに何度も見舞われてきた。

だがマティには、それらを乗り越えるだけの力があった。

裕福な家に生まれ、高度な教育を受け、健康な体と、簡単には揺らがぬ精神を天から与えられた。

努力すれば多くが報われる環境のなかで生きてきたのである。

欲しいと強く願えば、すべて自分の努力次第で手に入るものばかりだった。

けれど――ミリアだけがそうはいかない。

手に入らないだけならまだしも、諦めようという努力すらうまくいかないのだから、仕様がない。

マティにとって世界でただ一つ、この愛だけが手に負えない。

ミリアのことだけが手にあまるのだ。

「では、ティーブバレー女史とお話でもしてくるかな」

懊悩《おうのう》していると、ジェフリーが愉快そうな笑みを浮かべてそう言った。

「……ジェフリー？」

「彼女は今日、オレと話すために来てくれているのだろう？　話しかけないと悪いだろう」

確かにそうだ。ミリアは今日、ジェフリーのためだけにメイドとしてここに来ている。けれど……。

——不快だ。

胸のなかで感情が押しつぶされて吐きそうだ。

だが、ジェフリー曰《いわ》く——きっぱりと振られた身で文句が言えるはずもない。

黙ったまま何度目かのため息をつくマティの肩を、ジェフリーが叩いた。

「その結果、彼女がオレを気に入っても文句をいうなよ」

瞬間、ミリアの声が脳裏に蘇った。

『舞踏会には興味がありませんが、ジェフリー様とお話はしてみたいので』

青ざめるマティに、ジェフリーが追い打ちをかける。

「いいか、マティ。女を手に入れるために必要なのは、理性でも努力でもない。跪《ひざまず》いて愛を乞う、みっともなさってやつがお前には足りないんだよ」

そう言って去って行く友人の背中を、マティは物も言えずに見送った。

ちょうど視線の先で、ジェフリーがミリアを呼び止めている。

ミリアは振り返ると、僅かに目を細めてジェフリーに会釈をした。

笑顔とまではいかないが、彼女にしては柔らかい表情だ。

——ミリアは……彼に、微笑むのだろうか。

ふと、ミリアはジェフリーのような男が好みなのかもしれないと思った。

彼は自分とは違って野性的な見た目をしているし、強引なタイプだ。

彼女がマティのことを男性として意識してくれないのは、全く正反対の相手が好みだからかもしれない。

「待ってくれ……ジェフリー」

ほとんど無意識にそう声をかけながら、ふらりと一歩足を前に踏み出す。

「マティ様?」

驚いたように名前を呼ぶユーベルを置き去りにして、会場の中心に戻る。

だが次々と参加者に声をかけられ、軽く応対している内に、すぐに二人を見失ってしまった。

──どこだ……ミリア。

辺りを見渡しながらしばらく歩いた所で、ひとりの令嬢に声をかけられた。

「まあ閣下……お顔色が悪いですわ。よろしければお水をどうぞ」

彼女は心配そうな顔で、水の入ったグラスを差し出した。

普段なら──消えた二人がどこにいったのか、ミリアを友人に取られはしないかとひどく動揺している状態でなかったならば、マティは決して貰った水を飲もうとはしなかっただろう。

けれどその時は気もそぞろで、緊張感からか、とにかく喉が渇いていた。

「ああ……ありがとう」

なおも会場を見渡しながらグラスを受け取り、一気に中身を飲み干す。

瞬間、視界がぐらりと揺らいだ。

――なんだ。

額に手を当てて、反対の手に持った空のグラスを見つめる。

いまのは味も香りも、明らかに水ではなかった。

しまったと思うより早く、意識が遠のいていく。

向こうから「マティ様！」と慌てた様子で駆けてくるユーベルを視界に映すと同時、マティの意識は綺麗《きれい》に暗転したのだった。


「あああああ！　ミリアさん、良かったー！　良いところに！」

庭でジェフリーとの立ち話を終え、会場へ戻る途中。

回廊の正面でユーベルが手を振っているのに気付いて、ミリアは足を止めた。

しかも彼の肩にはぐったりとした様子のマティが寄りかかっていて、ほとんど引きずられるように歩いている。

「どうされました……⁉」

ぎょっとして駆け寄ると、ユーベルはさっと周囲を見渡してから庭に下り、近くの木陰に隠れた。ユーベルが、マティをそっと木の幹にもたれかからせる。ミリアは滑るようにそのそばに跪くと、下から彼の顔を覗き込んだ。

月光に照らされる顔は青白く、こんな時でも美しい。

形のよい唇からは「うーん」という低い唸《うな》り声《ごえ》がもれており、あまり意識ははっきりとしていない様子だ。

「ユーベル様、閣下はどうなされたのですか⁉」

「先ほど、舞踏会の会場で、閣下がご令嬢から飲み物を手渡されたのです。閣下は水と思われ一気に飲み干したようなのですが、実は中身が……」

「まさか、毒だったのですか⁉」

全身から血の気が引いて、声がひっくり返る。

だがユーベルは眉を寄せると、困ったように首を横にふった。

「いえ、ただのお酒なんです……」

「……は？」

「ただのお酒なんです」

令嬢は、間違ってお酒を渡すことで、気分の悪いマティを介抱する口実にしたかったのだろう、とユーベルは言った。まさかマティが倒れてしまうとは思わなかったようで、すぐに逃げていったと言う。

ミリアもグラス一杯のお酒を飲んだだけでマティがこんな風になるとは、にわかに信じられず間の抜けた声をもらした。

ユーベルは口元に人差し指を立てると、「ここだけの話にしてください」と前置きをしてから話を続けた。

「これは私と、閣下のご両親しか知らないことです。閣下は全くお酒を受け付けない体質で、少しでも飲むとすぐに具合が悪くなってしまわれるのです」

「まあ……」

意外な話だった。

マティとはプライベートを一緒に過ごしたことがなく、彼がお酒を飲めるかどうかも全く知らなかった。

ただ漠然と、お酒にも強いと思っていた気はする。彼は完璧だから。

――体質なのだから、それで完璧もなにもないのでしょうけど……。

単に思いこんでいただけなのだが、そんな自分に呆れてしまう。

「閣下も普段は、間違ってお酒を飲まないよう慎重に行動をされているのですが、なぜか今日はうっかりされたようで……」

ため息をつくユーベルに、ミリアはぐっと詰め寄った。

「ユーベル様、それならば、閣下を早く医師に見せたほうが良いのではありませんか？　体質に合わ

ぬ者がお酒を飲むと、命に関わると聞いたことがあります」

「ああ……それは大丈夫だと思います。飲まれたのは一杯だけですし、吐いたりもされていません。だいたい、いつも一晩寝ればけろっとされるので」

いつもと言っても、マティが最後にお酒を飲んだのは二十歳の誕生日であると、ユーベルは付け加えた。

それからぽつぽつと、過去の出来事を話し始める。

マティが酒を飲めないと分かったのは、まだ十代も前半の頃。マティはユーベルと共にこっそり両親のワインを持ち出して飲み、そこで体質が明らかになった。

マティは『公爵家の嫡男が全く酒を飲めないのは良くないのではないか』と気にし、それから両親やユーベルのいるときに何度か酒を練習した。だが何度飲んでも結果は同じで、最後に二十歳の誕生日に試した後は完全に諦めてしまった。

以来、会食や社交の場では間違って飲まないように、気を遣って過ごしていたのだという。

――お酒を両親から隠れて飲むだなんて、閣下にもそんな時代があったのね。

ユーベルの昔語りに、思いがけないマティの一面を知って、そんな場合ではないというのに胸が高鳴ってしまう。

「でも、それは秘密にするようなことでもないのではありませんか？」

マティがお酒を飲めないというのは意外だが、『ここだけの話』にするほどの秘密でもないように思える。

不思議に思ってミリアが首を傾げると、ユーベルが大きく肩を落とした。

「問題はここからなんです」

「……ここから、とは？」

「閣下は、酔うと陽気になってしまわれるのです」

「ようき？」

意味が理解できず言葉を繰り返す。

ユーベルはため息まじりに頷いた。

「はい……酒を飲み、一時酩酊《めいてい》した後に目を覚まされると、閣下は大変陽気になってしまわれます。声を出して笑い転げるし、歌うし、意味もなく逆立ちをされたりします」

「意味もなく逆立ち」

それは見てみたい。

うっかりそんなことを考えてしまって、頭を振る。

そして、そこまで説明されてようやく、ミリアはことの重大さを理解した。

「……それは、よくありませんね」

――今日の舞踏会は、各国の要人がたが集まっているのに……。

マティは国王の代わりに諸外国の代表と話をする機会が多く、リースペリア王国の顔とも言える存在である。間違っても賓客らに醜態を見せるわけにはいかない。マティが軽んじられると、外交にも響く。

ミリアは前のめりになって口を開いた。

「すぐに公爵家から迎えを寄越《よこ》してもらいましょう。私が手配いたします」

「ありがとう……助かります。では、それまで私は閣下とここで隠れておきます」

ユーベルがほっとした様子でそう言った。

いつ陽気になるか分からないマティを抱え、一人でどうするかと慌てていたのだろう。

ミリアもまた、マティが陽気になる前に二人を見つけることができて良かったと胸をなで下ろした。

それから、そっと彼の青白い顔を覗《のぞ》きこむ。

「でも……良かったです、閣下が毒を盛られたとか、そういうのではなくて」

具合の悪そうなマティを初めに見たときは、心臓が止まるかと思った。

どうか彼が無事に屋敷に戻って、ゆっくりと休めますように。心のなかでそう祈る。

「ミリアさん……閣下にがっかりされましたか？」

唐突に問いかけられて、ミリアは「え？」と目を丸くした。

「だって、今日まで閣下を完璧な人間だと思っておられたでしょう？　そうではないと知って、がっかりされたのではないかと……」

そう言うユーベルの表情は、どこか気遣わしげだ。

誰に対して気遣っているのかまでは、分からなかったけれど。

――がっかり……したのかしら？　私は。

確かに、酒を飲んで陽気になるというのは驚きだった。

けれどそれが彼に対する落胆に繋がるはずもない。

ただ、心がざわめいているのは事実だった。

その正体を少し考えて、瞳を揺らす。それからじっとマティの顔を見つめ――ミリアは微笑んだ。

「……いいえ、がっかりなどしておりません」

彼にも弱い所があるのだと知り、自分は嬉しいと感じている。

だから心がときめいているのだ。

そう考えて答えたミリアを、ユーベルはなぜか凝視した。

目を見開き、くいっと大きな丸眼鏡を指で持ち上げる。

「ユーベル様、どうかされましたか？」

「あっ、いいえ……そうだ！　えーっと、ジェフリー様とのお話は終わられたのですか？」

「はい。……正直、舞踏会にまで呼び出す必要がある話とは思えませんでしたが」

急に話題を変えられて、首をひねりつつ答える。

ジェフリーに声をかけられ、庭で少し仕事の話をしたが、特段ミリアでなければいけないような案件ではなかった。これならわざわざ舞踏会に来なくて良かったとも思う。

――とはいえ……私も閣下の衣装を見たくてここへ来たようなものだから、ジェフリー様を悪くは言えないけれど。

いつもと違う華やかな装いのマティを見つめ、ミリアは密かに反省した。

舞踏会へのエスコートは断っても、貴公子の衣装を纏ったマティを見る夢は捨てきれず、今日はジェフリーと話をすることを言い訳に、メイドになって来たのだ。

夢に見た通り――それ以上に、今日の彼は素敵だった。

黒いテールコートを纏った彼は誰よりも洗練されていたし、金色の髪をゆるやかにくくって肩に流した姿は、声も出ないぐらいに素敵だった。童話のなかの王子様が、そのまま飛び出してきたようだ。

先ほどもマティと会場ですれ違ったのだが、思わずうっとりと見蕩れてしまい、彼に不審に思われたのではないかと不安になったほどだ。

「そうですか……あの、正直、ジェフリー様と閣下だと、どちらがミリアさんの好みなのでしょうか？」

「は？」

さすがにミリアの声がひっくり返った。

ユーベルとは同じ補佐官として働いてしばらくになるが、こんな込み入ったことを訊かれたのは初めてだ。

「ああ……すみません、何でもないです。忘れてください」

言葉を失うミリアに、ユーベルが我に返った様子で平謝りする。

向こうから女性たちの話し声が聞こえてきたのは、その時だった。

「マティ様！」

「どこに行かれたのかしら……ユーベル様が、外の空気を吸わせるとお庭につれていかれたのは見たのだけれど……」

ちらっと木陰から覗き込むと、回廊に若い令嬢が五、六人立っていて、きょろきょろと当たりを見渡していた。

「どうやら、閣下を捜しているようですね」

「静かに休ませたいから、追いかけてこないでほしいと言ったのに……」

ユーベルが頭を抱える。

――具合の悪い閣下を介抱すれば、少しでもお近づきになれるかもしれないものね。

彼女たちにすればまたとない機会だ。

「閣下は魅力的な方ですから……ご令嬢がたは放っておけないのでしょう」

「その言葉、マティ様が起きている時にもう一度言って差し上げてください」

ミリアの言葉に、ユーベルが思わずといった様子でそう漏らす。

少し気になったが、冗談だろうし、それ所ではない。

令嬢たちがマティを捜しているのだ。

あの人数で庭を捜索されたら、ここもすぐに見つかってしまう。

「ユーベル様、早く閣下を隠さなければ……」

「それには、彼女たちに会場に戻ってもらう必要があるでしょうね」

マティを連れてどこか別の場所に隠れるにも、彼女たちがいては難しい。

ミリアは僅かに躊躇《ためら》ってから、そっとマティの手を掴《つか》んだ。

「閣下……私の声が聞こえますか？」

訊ねると、低い唸り声が聞こえた。

酩酊しているが、全く意識がないわけではないのだ。

さきほどもマティは、ユーベルにもたれかかりつつも自力で歩いていた。

これなら、ミリアでも彼を連れて移動できるだろう。

「ユーベル様、あのご令嬢がたを説得して会場に連れ戻していただけませんか？　私がその間に閣下をどこかにお隠ししますので」

メイド姿のミリアが出て行って説明をしても、きっと令嬢たちは納得しない。

説得にはユーベルが行くべきだ。

「いや……しかし、マティ様はこのような状態ですし、ミリアさんお一人では……」

「私は大丈夫です、閣下の名誉を守らなくては」

ミリアは強くそう言い切った。

マティが酒に弱いのも、酔うと陽気になってしまうのも、体質であって彼が悪いわけではない。

今日のような場でうっかり飲んでしまったのは失態だったかもしれないが、彼だって人間なのだから、そういうこともあるだろう。

補佐官として、また彼を慕う一人として、ミリアはマティの力になりたかった。

「分かりました、では……私が戻って、彼女たちや、会場で心配をしているだろう方々に説明をしてきます。マティ様は、もう……どこかに閉じこめておきましょう……倉庫とか、納屋とか、近くにあるところで」

こうなっては公爵家に帰すより、一晩閉じこめておいた方が安全だ。

いつ目を覚まして歌い出すか分からないし、ミリアひとりではこっそり馬車に乗せるのも大変である。マティもそれで後から怒ったりはしないだろう。

「でも……ミリアさん、絶対にマティ様と二人きりにはならないでくださいね。室内に放り込んだ後は、外から鍵を閉めておいてもらえれば大丈夫ですから」

「心得ております。閣下の外聞に響くようなことはいたしません」

品行方正な公爵家の嫡男が、メイドとひと晩過ごしたらしい――なんて噂が広まるのも、それはそれで大変だ。

真剣に頷くミリアに、ユーベルは「そうではありません」と難しい表情を浮かべた。

「マティ様のことではありませんよ、ミリアさんが心配なんです。いいですか、もしマティ様が正気を失って迫ってこられたら、拳で鼻先を思い切り殴って下さい」

「殴っ……か、閣下をですか」

「大丈夫です、どうせ起きたら何も覚えてませんから。力の限りやってください！」

戸惑うミリアにそう告げてから、ユーベルは駆け足に令嬢たちのもとへ向かった。

――閣下を……殴る。

右手で拳を作って見てから、ぶんぶんと首を横に振る。

たとえ酔っていようと、マティが自分を襲うはずがない。

回廊から、ユーベルと令嬢たちが話す声が聞こえてくる。やがてそれが会場の方へ消えるのを待ってから、ミリアはマティの腕を肩に回して立ち上がった。

「閣下、歩けますか？」

訊ねるが、返事はやはりうめき声だけ。

だがミリアが歩き始めると、足だけは一緒に動かしてくれた。

「近くの部屋まで、お連れします」

そう声をかけてから、ミリアはきょろきょろと辺りを見渡した。

ユーベルは納屋か倉庫で良いと言っていたが、個人的な感情として、尊敬するマティをそんな場所に閉じこめたくない。

――どこか……客室が空いていればいいのだけれど。

宮廷舞踏会の日には、本館にある部屋のいくつかが休憩所として解放されている。

だが会場から遠いほどあまり使用されず、とりあえず鍵を開けているだけという部屋も少なくない。幸いなことに、ミリアはメイドとしてそれらの部屋のセッティングもしたから、事情には明るい。

ミリアは会場の人々に見つからないよう、庭の木々に隠れながら進み始めた。

そして会場から離れた場所にある出入り口に辿《たど》り着《つ》くと、まずは顔だけをなかに覗かせた。薄暗い廊下にひとの気配はなく、見回りもいないようだ。慎重に廊下へ上がり、さらに会場から遠くへ歩いて行く。賑《にぎ》やかな喧騒《けんそう》は、もう微《かす》かにしか聞こえてこない。やがて目的の部屋の前で足を止めると、真鍮《しんちゅう》のドアノブを掴み、そうっと扉を開いた。

仄《ほの》かな灯《あか》りに照らされた室内は、期待した通りに無人だった。

ここは普段あまり使われていない客室で、他と比べて設《しつら》えも慎《つつ》ましい。王侯貴族用ではなく、その側近や、使者などを宿泊させる部屋だ。今日のような日には、体調を崩した者を寝かせるためにも使われている。

室内には革張りのソファが一つに、テーブルを挟んで、向かい合うように肘掛け椅子が二つ。鏡台に、衣装棚、ベッドもある。

ミリアはほっと息をつくと、部屋に入り、まずは鍵を閉めた。こうすればもう誰もなかには入ってこない。マティの名誉は守られるだろう。自分は窓からでも外に出れば良い。

「……ん、ミリア？」

彼をベッドに寝かせた所で、声をかけられた。

「ああ……閣下、気付かれたのですね？」

薄く瞼を開く彼に、そう微笑みかける。

マティは額を手で押さえると、ぼんやりとした様子で周囲を見渡した。

「ここは……？」

「宮殿内にある客室です。閣下がお酒をお召し上がりになり、体調を崩されたと聞いて、ここへお連れしました」

「そうか……それは迷惑をかけた。すまない」

声は多少掠《かす》れているが、受け答えはしっかりしているし、陽気になっている気配もない。

――良かった……閣下、思っていたより平気そうだわ。

張り詰めていた緊張がほぐれていく。

マティが正気でいてくれるなら、もう全て解決したようなものだ。

少しここで休んでから、公爵家に帰ってもらうのが良いだろう。

――逆立ちする閣下をちょっと見てみたかったけれど……。

そんなことを考える余裕も出てきて、ミリアは頬を緩めた。

「いいえ、私なら大丈夫です。閣下、ご気分はいかがですか？　吐き気とかは……」

「綺麗だ……」

「……は？」

投げかけた質問に、全く意図せぬ言葉が返ってきて、ミリアは思わず間の抜けた声を漏らした。ぱっと後ろを振り返ってみるが、背後にあるのは壁だけで、特に美しいものはない。あえて言うなら壁の白さは美しいかもしれないが。

「君のことだ、ミリア……いま少し笑ってくれただろう？　君の笑顔に、ずっとまた会いたいと思っていた……」

アイスグリーンの瞳が、どこか熱っぽくミリアを映している。

それからぐっと腕を伸ばしてミリアの手を掴むと、力強く自分の胸のなかに引き寄せた。

「閣下⁉」

「ミリアだ……あはは！　嬉しいな！」

――あはは⁉

彼の口から発せられたとは思えない笑い声に、まず耳を疑った。

少し遅れて、自分がマティにしっかりと抱きしめられていることに気付く。

全身が、マティの体に触れている。ぎゅっと背中に回された腕は逞《たくま》しく、顔を押しつけている胸板は硬い。衣服越しにも彼の熱い体温が伝わってきて、ミリアは顔を真っ赤に染めた。

「か、かっ、閣下……！　いけません！」

「可愛い……ミリア、ずっとこうしたかった」

我に返って手足をバタバタと動かすが、マティはミリアをぎゅっぎゅと人形でも抱きしめるようにして離さない。

ミリアはぱちぱちと、数度大きく瞬きをしてから、唖然と口を開いた。

「よっ……」

――陽気になっておられるの！

いや、これを陽気というのか分からないが、正気でないのは間違いない。

ミリアはマティのプライベートを知らないが、彼はこんな風に気軽に女性を抱きしめるような人ではないはずだ。多分、おそらく。

「好きだ、ミリア……ずっと好きだった、結婚してくださいお願いします、何でもしますから……」

「ちょっと……閣下、閣下！　落ち着いてください、酔っていても、そんなことを気軽に言ってはなりません」

「何が気軽なものか……！　それに私は酔ってなどいない！」

「酔っ払いというのは、決まってそういうのです！」

マティの腕のなかからなんとか顔をにじりだしてそういえば、とても近い場所に彼の美しい顔があって、思わず息を呑んだ。

――心臓が……止まるかと思った！

ただでさえマティは顔が良すぎるのだ。

普段でもドキドキしているのに、この至近距離は良くない。心臓が破裂してしまう。

しかもいまは酒が入り、精巧に整った顔には朱が差している。切れ長の目元も少し赤らんでいて、瞳はごく僅かに潤んでいた。つまり、色気がすさまじいのである。

「ミリア……私は、君がジェフリーとどこかに消えてしまって、気が気じゃなかった」

「え、ジェフリー様……ですか?」

「そうだ。君を取られるんじゃないかと……そう思って……」

切ない声で告げられて、胸がきゅうと苦しくなる。

——馬鹿ね、真に受けてはいけないわ。

マティはいま、正気ではないのだ。酔っ払いの話をまともに聞くほど愚かなことはない。

自分に言い聞かせ、すっと目をそらしたところで、マティが腕の力を緩めた。

「信じていないね? ミリア」

「いえ、その……」

「分かった、ではこの想いを歌にのせよう」

「うたに……」

ちょっと何を言っているのか分からず言葉を繰り返した所で、マティがキリッとした顔で体を起こした。

そしてベッドを下りると、わざわざカーテンを開き、月光を背に浴びるようにして立った。片手を胸に当て、もう片方の手を前に伸ばして、高らかに歌い始める。

——わあ……お上手。

それは歌劇で有名な愛の歌だった。

声は伸びが良く、耳に心地よいテノール。

——さすが閣下だわ、歌もお上手なのね。

しかも背後から月の淡い光を受けて立つ彼は、神々しいまでに美しい。

ミリアはつい感心してしまって、ベッドに背筋を伸ばして座り、その歌に聴き入った。

一曲終わった所でぱちぱちと拍手をすれば、マティが嬉しそうに笑う。

——可愛い……。

そんな場合なのかどうか、またも胸がきゅんとしてしまう。

マティはミリアの拍手がよほど嬉しかったのか、その後しっかり三曲歌いきった。

「とても素晴らしかったです」

素直な感想を告げると、マティは「ありがとう」と頬を赤らめ、深々と腰を折った。

「では結婚してください」

「申し訳ありません……何が『では』なのか、私には分かりかねます」

歌は素晴らしかったが、だから結婚しようとは普通ならないだろう。

マティは「はあ」と重苦しいため息を落とし、壁に手をついて深くうなだれた。

「辛い」

「閣下……」

ミリアの表情こそさして変わらないが、内心は大慌てだった。

相手は酔っ払いとはいえ、心から尊敬する上司である。

まともに相手にすべきではないと分かっていても、無碍《むげ》に扱うのは難しい。

何よりミリアは彼に恋をしているのだ。彼の形の良い唇から発せられる言葉は、それが戯《たわむ》れであっても、この心を揺らす力を持っている。

「……閣下、どうかここで少し休んでいてください。私がすぐに公爵家の方に連絡をとって、迎えにきてもらいますから」

いまの彼と話すのは、あまり心臓に良くない。

一刻も早く公爵家に帰ってもらうべきだと判断し、ベッドから立ち上がったミリアの腕を、マティが掴んで引き寄せた。

「待ってくれ、ミリア……お願いだ、私を一人にしないで。そうでないと、私は君が恋しくて、息の仕方も分からなくなってしまう……」

情けを乞うような声だった。

「好きなんだ……ミリア、君が……ずっと」

熱っぽい瞳に、真摯な愛の言葉。自分の腕を掴む彼の手の強さと、体温。

心拍数が、とめどなく上がっていく。

悲しいわけでも、嬉しいわけでもないのに、何だか泣きたいような気持ちになって、ミリアは涙をこらえるのに瞬きをした。

——落ち着いて、ミリア。

出来る限り、ゆっくりと息をする。

——いい？　閣下は、酔っておられるの。

愚かな自分が勘違いを始め、浮かれそうになるのを、必死に制する。

これは違う。戯れだ。彼は酔っているのだ。決して本心ではない。

「おやめください……閣下はいま正気ではないのです」

「私は正気だ！　君が……君のことが、ずっと好きだった」

マティは詰め寄るようにしてそう言うと、ミリアの手を取ったままその場に跪いた。

「閣下！　そのようなことをされてはなりません！」

公爵家の人間が膝をついてよいのは、王族のみと決まっている。

慌てて彼を立ち上がらせようとするミリアを、マティは必死の形相で見上げた。

「愛しているんだ！」

アイスグリーンの瞳が、まっすぐに自分を映している。

「君が……私を嫌いなら諦める。だがそうでないなら……もしも好意をもってくれているなら、どうか私と結婚してほしい」

「ですから……」

「私のことを嫌いなら、嫌いだとハッキリ言ってくれ。私は衝撃を受けて気を失うかもしれないが、放っておいてくれたらいい。だが……そうでないなら、私の妻になってくれ。私には君しかいないんだ……君以外の女性はとても愛せない。どうか……私に慈悲を、ミリア」

縋《すが》りつくような、愛の告白だった。

あのマティのものとは──リーペリアの主柱、誰もが完璧と褒《ほ》め称《たた》えるマティ・エンフィールのものとは思えない、必死で、不格好なプロポーズ。

「君から返事が貰えるまで、私はここから一歩も動かない」

「そんな」

無茶苦茶だ。『嫌いじゃないなら結婚しろ』も『返事が貰えるまで家に帰らない』も子供の理屈だ。だがそれによって、ミリアは影を縫い付けられたように動けなくなった。

「あ……私、は……」

ミリアには、正解が分かっていた。

一言「嫌い」と言えばいいのだ。それでひとまず解放される。

マティも、まさか本当に卒倒したりしないはず。この様子だから、酔っ払いなりに落ち込むかもしれないが、その間に公爵家の迎えを手配にいけばいい。けれど──。

「嫌い……では、ありません」

たとえ嘘でも、彼に「嫌い」だなんて言えなかった。

だってそれは、あまりに本心から遠すぎる。嘘でもそれを口にすれば、ミリアは自分が全く別の人間になってしまうような気がした。

だから次善の返答を口にすることにしたのだ。

「分かりました、閣下、結婚しましょう」

「本当か！」

「ええ……本当です」

ミリアはしっかりと頷いた。

――返事さえすれば、閣下は屋敷に帰ってくださるのだもの。

「好き」も「嫌い」も、この場しのぎの回答であることには変わらない。

だからミリアの返事はこれでも良いはずだった。

「ああ……ミリア！」

マティが瞳を輝かせ、ミリアの腰を引き寄せる。腕を放してもらうどころか、胸のなかにすっぽりと抱きしめられて、ミリアは「閣下！」と悲鳴のような声を上げた。

――話が違うわ！

泡を吹きそうだった。

だがよくよく思い出してみれば、マティは『返事を貰えるまで一歩も動かない』と言っただけで、

『返事を貰えたら家に帰る』と言ったわけではなかったと気付いた。

――ああ、もう……！

普段なら、決してこんな早とちりをしないのに！

表情を取り繕うこともできず、顔をしかめる。

いかなるときも冷静で、鋼鉄の表情筋を保つティーブバレー女史は、もはやどこかに行ってしまったらしい。

ミリアは髪をかきむしりたくなるのを必死に堪えた。

「嬉しいよ……ミリア、ああ……やっと捕まえた」

「あの……閣下……」

「愛している、私のミリア……私だけの」

耳元で囁かれ、熱い吐息が肌にかかる。彼は小さな声で、先ほどの歌を口ずさみ始めた。愛の歌だ。

彼の低い声が、ミリアの鼓膜を揺らす。その度に、得体のしれない熱が体のなかで高まっていく。

ミリアは途方に暮れて、すぐそばにある彼の顔を見つめた。先ほどベッドで抱きしめられた時とは、比べものにならないほど近い。鼻先が触れあいそうなほどに。吐息が混ざるほどに。

「……キスをしても良い？　ミリア」

良いはずがない。

それなのに、ミリアは彼の唇から目を逸らせなかった。いま愛を歌った唇から。

この世でもっとも美しい弧を描く、彼の唇から。

気がつけば、ミリアは頷いていた。そして、それよりほんのわずかに早く、互いの唇が重なった。

「んっ……」

唇を、ただ互いに押し当てるだけの口づけ。

柔らかく、薄い皮膚の触れ合った場所が、ぴりぴりと痺れる。

「ミリア……」

キスの隙間に、マティが名前を呼ぶ。愛おしそうにミリアの髪を撫で、じゃれあうように額をこつんと合わせる。ミリアはその間、硬直したまま目を開いていて、いっさい抵抗をしなかった。

そして、また次の口づけを受け入れる。

今度のキスは、先ほどよりずっと本格的だった。マティはぐっとミリアの腰を掴み、反対の手で頭を引き寄せた。彼の赤い舌が見えたと思ったのは一瞬。気付けば唇はぴたりと隙間なく彼のそれに塞がれて、舌はミリアの口内に侵入していた。

「ふ、ぁ……」

ミリアはとうとう目を閉じて、その口づけに溺れた。

——気持ちいい……。

口づけがこんなに良いものだと、思ってもみなかった。

口内を丁寧に愛撫され、体から力が抜けていく。そのままへたへたと崩れ落ちそうになるのを、マティがしっかりと支えてくれた。

――あ……良い香り。

快感によって緊張がまぎれていくと、マティから良い匂いがすることに気付いた。

纏う衣装から香る高級なムスク。そして彼の肌からも、とても心地よい匂いがする。こちらは多分、彼自身の匂いだ。

「あ……」

頭がぼーっとして、視界が涙に潤んでいく。

彼と指が触れるだけでも破裂しそうになる心臓が、限界を超える速さで鼓動している。

何度も何度も口づけを交わし、互いの唾液が糸を引きはじめた所で、マティがミリアの耳朶《じだ》に口づけた。

「ミリア……このまま、君を抱いてもいいだろうか」

許しを乞う声に息を詰める。

押しつけられた下半身からは、彼の昂《たか》ぶりが伝わってきていた。

――断らなければ。

これが最後の一線だと、しっかりと分かっていた。

マティはきっと、ミリアが断ればそれ以上触れてこないだろう。先ほどのキスだって、ミリアが許しを出すまで待っていた。

だから自分がはっきりと彼を拒めば、ここで行為は終わるはずだ。

——でも、頷いたら抱いてもらえる。

ただ、誘惑が心にちらつく。ミリアは瞳を揺らして、それを制した。

マティはいま、いつもの彼ではない。正常な判断ができない所に付け入って抱いてもらうなんて、卑怯者《ひきょうもの》のすることだ。彼はきっと後悔するだろう。その時の顔を見る覚悟も自分にはない。

——だけど閣下が後悔するとは限らないわ。だって……私にドレスを贈ってくれた。あの時の閣下は酔っていなかったもの。

理性の声に、未練がましい自分がさらにそう声を上げた。

言い訳を探して、心の引き出しからドレスのことまで持ち出してきてしまう。

例のドレスがどういう意味のものなのか、ミリアはまだ怖くて訊けないままでいた。

マティがどう答えても、傷ついてしまう気がしたからだ。友人の手前、エスコートをするためにドレスを贈っただけだと言われたら、きっとがっかりする。そうではなく、もしも甘い言葉をかけられたなら、余計な期待をしてしまう。

身分と立場の差があるかぎり、どうせミリアはマティと結婚できないのだ。

いっときの恋人にはなれるかもしれないが、それではミリアの人生が崩壊してしまう。

そう考えていたはずなのに、いまこの時になって、彼の温《ぬく》もりが惜しくなっている。

「……あ、閣下……あの、私……」

頭のなかも、感情も、もうぐちゃぐちゃだった。

彼が好きだ。このまま抱かれてしまいたい。一夜の過ちで構わない。この後の人生が全て歪《ゆが》んでしまっても、それでもいいから、彼の肌に触れたい。彼を感じてみたい。

けれど、尊敬するマティを裏切りたくもないのだ。彼にがっかりされたくない。ずっと彼のそばで働いていたい。たとえ結ばれなくたって、そばにいつづけたい。

どちらも同じ一つの愛なのに、生まれる欲求は正反対で、決して共存できない。

答えを出せずにいるミリアを、マティが不安そうな顔で見つめている。

宝石のように美しい双眸が翳《かげ》るのをみて、胸がぎゅうっと苦しくなった。

ミリアはよろよろと彼の胸に両手を当てた。何とか押しのけようとしてみるけれど、全く力が入らない。

『大丈夫です、どうせ起きたら何も覚えてませんから。力の限りやってください！』

その時、脳裏にユーベルの言葉が蘇った。

——閣下は、酔っている間のことを……忘れる？

ごくりと、自分が生唾を呑みこむ音が聞こえた。

それならば良いのではないだろうか。

彼の信頼を裏切ることに違いはないが、覚えているのが自分だけなら、なにも大事にならないはずだ。自分さえ黙っていれば、この夜はなかったことになる。

――一度だけよ……ただ夢を見るだけ。

必死に握り絞めていたかぼそい理性の糸が、手のひらからすり抜けていく。

彼への想いを抱えて、一人で生きていくつもりだった。

もし、そこに思い出を与えてもらえるならば――。

「あ……あ、あの……あ」

声が震える。吸う息が針を含んでいるように痛い。

誘惑に身を任せようとしているくせに、自分のしようとしていることが恐ろしかった。

「は、い……、どうか、抱いて……ください、閣下……」

目を見開いたまま、彼の胸にしがみつく。

その瞬間、噛《か》みつくようなキスが降ってきた。

「んっ……」

あまりに激しくて息ができない。

ミリアは立ったまま彼の首に手を回し、懸命にそれに応えた。マティがミリアの腰を抱きかかえ、
後ろのベッドへ押し倒そうとする。それに気付いて、ミリアはハッと顔を上げた。

「っ、あ……待ってください、閣下。その、このままで……していただけませんか?」

「このまま?」

「ベッドは使いたくないのです。汚してしまいますし……服も、脱ぐと、もしも誰かが来た時に対応

に困ります」

マティには、この行為を完璧に忘れてもらわなくてはならない。

初めての時には破瓜《はか》で血がでることがあると聞くし、シーツを汚してしまっては後が大変だ。

服も脱いでしまったら、酔いが醒《さ》めた後に不審がられてしまう。

ミリアは閨《ねや》教育を受けていないけれど、本などで性行為がどういうものかぐらいは知っている。それに男性ばかりの職場で過ごしてきたので、彼らの下世話な会話を耳にする機会もあった。立ったまま、服を着たまま性交できるのだという話も聞いたことがある。

「だが、抱かれるのは初めてだろう？　それなのに立ってというのは……」

「初めてではありません」

咄嗟にそう嘘を吐いた。

「私も、もう良い年ですし……これまでに恋人もおりました。ですから、その……こういった行為はすでに何度か経験をしております」

マティが切れ長の目を見開き、ミリアの顔を覗き込む。

「君はずっと仕事で忙しく、異性と付き合っている暇などないように見えたが？」

「休日に会っていたのです」

すでにぼろぼろになっている表情筋を総動員して答える。

するとマティのアイスグリーンの瞳から光が消え、一瞬ぐらりと彼の体がよろめいた。床には倒れず耐えていたが、表情はまるでこの世の終わりのようだ。

「閣下……大丈夫でしょうか？　ご気分が……」

「ああ……いや、大丈夫、大丈夫だ……それで、いまは恋人がいないということで、良いのだろうか？」

「はい、おりません」

答えると、少しマティの顔が明るくなる。

「そうか……なら、これから先は私だけにしてほしい」

ミリアもそのつもりなので、素直に頷いた。

自分が誰かに肌を許すのは、今日のこの一度きり。

「それから……」

「それから？」

まだあるのか――と緊張するミリアの顎を、マティがくいと持ち上げた。

「君の肌を私より先に知っている誰かに、嫉妬することぐらいは許してほしい」

囁く声が鼓膜を揺らすのとほぼ同時に、再び唇にキスが落ちてくる。

壁に背中を押しつけられ、スカートの間にぐっと膝を割り込まれた後は、さらに口づけが激しくなった。口内を舌でねぶられ、腰が砕ける。マティは片手でしっかりとミリアの体を支えながら、空いている手でミリアの白いスカーフを外して床に落とし、続いて胸元のボタンを外し始めた。すぐにつんと上を向いた乳房があらわになって、ミリアはカッと頬を染めた。

「あっ……閣下……」

「少しぐらいはいいだろう？　私にも、君の肌に触れさせてくれ」

咎《とが》めると、拗《す》ねたようにそう返される。

そして長い指で白い乳房に触れた。張りを楽しむように膨らみを指の腹で撫でてから、乳房が手のひらにおさまるのを確かめるように優しく揉《も》みしだく。

「あっ……や……」

気持ちがいいのか、くすぐったいのか。分からないぐらいドキドキしている。

マティに胸を触れられている。そう考えただけで、全身が燃えてしまいそうだ。

「綺麗だよ、ミリア……」

「あっ……あの、あ……」

「こうして抱かれるのは久しぶり？　体が緊張しているようだ」

久しぶりもなにも初めてなのだが、そうとは言えずにミリアはこくこくと頷いた。

「大丈夫だから、力を抜いて」

囁いて、マティがぱくりと胸の頂を口に含む。

「やぁっ……」

初めて感じる快感に、あられもない声がもれた。

その声に自分で驚いて両手で口を押さえる。

――私……なんて声……。

自分の口からこんな媚《こ》びるような声がでるなんて知らなかった。

それをマティに聞かせていることが信じられなくて、どんどん顔が熱くなってくる。

「声、とても可愛いよ……ミリア、もっと聞かせて」

「あっ、ぁ……や……」

ちゅうと先端を吸われ、舌先で転がされる。反対の乳嘴もまた長く美しい指で弄《いじ》られて、ミリアは身をよじって腰を浮かせた。

「気持ちいい？」

「わから……な……、でも、く、くすぐったくて……」

はあ、はあと全身で息をしながら答える。これを気持ち良いと呼んでいいものなのか、あまりに刺激が強すぎて判断が付かない。

「でも……お腹の下の方が……じんじんして……熱いです」

部下根性で、彼の質問には的確に答えなければという意識が働き、ミリアは大真面目にそう答えた。

目には生理的な涙が浮かんで、視界が滲んでいる。おぼろげな視界のなかで、マティが乳房から少し顔を離し、頭を抱えるのが見えた。

――何か……いけないことを言ったかしら。

不安になっていると、唸《うな》るような声が漏れ聞こえてきた。

「可愛すぎる……」

「え？」

「こんなに可愛い君を私以外にも知っているのだと思うだけで、嫉妬で狂ってしまいそうだ」

苦しげな声でそう言われ、胸がきゅっと苦しくなる。

つい「本当は初めてなんです」と白状してしまいそうになるが、それより早くマティは乳房への愛撫を再開した。舌と指で優しく愛されて、胸の小さな飾りが赤く色づき芯をもったように固くなっていく。

同時に足の付け根のあらぬ場所が、触れられてもいないのに切なくなってきて、ミリアは太ももを擦り合わせた。それを見て、マティが手を下へと伸ばす。スカートの裾をたくし上げ、肌触りを楽しむように脚を何度か撫でてから、肌着を下ろしていく。

股の付け根にある場所はすでにしっとりと濡《ぬ》れていて、指でなぞられると体がびくんと跳ねた。

「指を入れるよ、力を抜いて……」

そう言ってから、マティはゆっくりと指を隘路《あいろ》に埋め始めた。

「……ぁ、あ……っ」

生まれて初めて異物を受け入れる秘処がきゅうっと締まって、指が奥へ侵入してくるのを拒もうとする。実際に少し苦しく、痛みも感じた。

「狭いな……本当に経験があるのだろうか？」

「はい……ひ、久しぶりな……だけで、すぐ……慣れます」

目を潤ませながら訴えると、マティは悩ましげな吐息を漏らしながら、浅い所で指を抜き差し始めた。そして、親指で花芯を柔らかく撫で始める。

「ひゃ、ぁっ……！」

敏感な場所を愛撫されて、ミリアは悲鳴を上げた。

その唇をキスで塞ぎ、空いている手で乳房を揉みながら、マティが根気よく媚肉をほぐしていく。

「ぁっ……あっ、やっ……」

指を呑み込んでいる場所からは蜜があふれ出し、少しずつ、痛みよりも甘い疼《うず》きのほうが強くなっていく。

「気持ちいい？」

「き……もち、い……です、きもち……いっ、ぁっ」

顎をのけぞらせ、涙を浮かべながら答える。

金の燭台《しょくだい》が淡く照らす室内で、白い乳房を揺らしながら快感に耐えるミリアを、アイスグリーンの瞳が見下ろしている。

「はぁ……ぁっ」

指は二本に増え、さらに慣れると三本になった。膣《ちつ》のなかでそれをばらばらに動かされ、時折花芯を刺激されて、体のなかで快感の塊が弾けそうになる。

「ぁっ……わ、たし……変にっ」

「大丈夫……そのまま気持ちがいいことだけに集中していて……」

熱い吐息を漏らしながら、マティがミリアの耳朶を柔く噛んだ。指は隘路の奥を貫いて、手のひらで一番敏感な突起を押しつぶされる。ミリアはたまらなくなってマティの胸にしがみ付いた。瞬間、目の前がちかちかと点滅し、一際強い快楽の波が背中を駆け抜けていく。

「はぁ、っ、あっ……」

膝ががくがくと震えて崩れ落ちそうになるのを、マティが抱きしめて支えてくれている。

「気持ち良かった?」

くちゅりと音を立てて指を引き抜きながら、マティが訊ねる。

その刺激すら強烈で、ミリアは短い嬌声《きょうせい》を上げてからうっとりと頷いた。

「は……い、なんだか、頭が……真っ白になって」

「……達《い》くのは、初めてだった?」

「はい……おそらく……」

達するという言葉は初めて聞いたが、いまの状態のことをいうのだろうとは、何となく分かった。

マティが嬉しそうに目を細める。

「ミリア……後ろを向いて、壁に手をついて」

「後ろ?」

「立ったままなら、その方が挿入しやすい」

なるほど、そういうものかと頷いて、ミリアはよたよたとマティに背を向けた。壁に両手をついた所で腰を掴まれ、彼に向けてぐっと尻を突き出す格好にされる。スカートを腰の上にまでまくし上げられると、物欲しそうに痙攣《けいれん》する蜜孔を仄明《ほのあ》かりにさらけ出すことになり、ミリアは頬を染めた。

——こ……こんな格好になるの？

さすがに恥ずかしいが、自分で言い出したのだから文句は言えない。

ぎゅっと目を閉じて羞恥をやり過ごしていると、背後からベルトのバックルを外す音が聞こえた。

「挿《い》れるよ」

その声に、ドキッと一際大きく心臓が跳ねた。

柔らかい先端が、ちゅく、と秘裂に触れる。彼の昂ぶりがその場所に当たっているのだと気付いて、自然と息が浅くなった。

「あ……か、閣下……」

「愛しているよ、ミリア……」

背後から甘い声で囁いて、マティがゆっくりと腰を押し進めてくる。

「あっ……ぁ、ああ……っ」

隘路を熱いものが割り開いていく。彼のものを柔らかいと感じたのは先端だけで、その先はとても硬く、また熱い。ミリアは壁に両手と頬を押し当て、悲鳴のような声を漏らした。

「ああ……なんて熱いんだ……それから、すごく狭い。食いちぎられてしまいそうだ」

マティが両手でミリアの腰を掴み、剛直をぐっと挿入する。

その時、鋭い痛みを感じてミリアは悲鳴を上げた。

「やぁ、ぁあっ……」

「……ミリア？」

「ぁっ、な……んでも、ありません……っ」

額に汗を浮かべながら、何とかそう答える。

——大丈夫、思っていたほどの痛みではなかったわ……。

破瓜は痛みを伴うと覚悟していた。つい声を漏らしてしまったが、このまま我慢できないほどのものではなさそうだ。おそらく、先ほどマティがしっかり準備をしてくれたからだろう。

「久しぶりだから……少し、痛くて……っ」

「そうか……っいま、一番太い所を呑み込んでいるから……少し頑張ってくれるかい？」

まさかミリアが破瓜の痛みに耐えているとは思わず、マティが困ったように言う。

頷くと——マティはそうした方がミリアが楽だと思ったのだろう、勢いよく腰を前に突き出した。

「……っ！」

目の前で火花が弾けた気がした。菫色の瞳からぽたぽたと生理的な涙が流れて落ちる。

「ミリア……大丈夫だろうか？　全て入ったよ」

大丈夫かと言われると、正直微妙だった。その瞬間はやっぱり痛かったし、彼を包み込む媚肉はいまもじんじんと疼いている。

——でも、嬉しい……。

マティと一つになれた。ずっと夜空の星のように思っていた憧れの人に、いま自分は抱いてもらっているのだ。それが嬉しくて、ミリアは頷いた。

「……だ、いじょぶ……嬉しいです、閣下……」

「ミリア……私も嬉しい、とても幸せだ」

ミリアの首筋にキスを落としながら、マティが甘い声で囁く。

マティはミリアが初めてでなくとも、とても経験が浅いと察したのだろう。性急に動こうとはせず、しばらくはそのまま浅い動きを繰り返した。

少し抜いては、また奥まで貫いて——緩慢な抽挿に、ミリアの狭い膣も徐々にマティの質量になれていく。やがて痛みはなくなり、ミリアのそこはゆっくりと快感を拾い始めた。

「あぁ、あっ……ん……」

ミリアから嬌声が漏れるのを待ってから、マティが腰の動きを速めた。抜き差しされるたびに接合部からは蜜が溢れ、ちゅくちゅくと淫靡《いんび》な音が響き、大きくなっていく。

「ああ……ミリア、すごく気持ちいいよ……」

いつになく切羽詰まった声で言われ、彼を飲み込む下腹がきゅんと疼いた。

「はっ……あ、閣下ぁ……わ、私も……っ、きもちい、です……」

「っ、マティと呼んでくれ……！　夫婦になるんだろう……？」

「ひぃ、っ……ま、まてぃ……さま？」

「マティだ……敬称もいらない」

「あっ……ま、マティ……」

後ろから揺さぶられ、何も考えられない。求められるままに名を呼ぶと、膣のなかで彼の剛直がびくっと跳ねて大きくなった。

「ひぁっ」

マティがミリアの腰を両手で掴み、激しく奥を貫きはじめる。膣襞を抉《えぐ》るように抽挿されて、膝がガクガクと震える。

「あっ、あ……ダメ、……マティ……っはげし……」

室内に響くのはミリアの嬌声と、互いの吐息。愛液でびちょびちょになった尻に、彼の下腹がぶつかる淫靡な音。そして遠くからはうっすらと舞踏会の喧騒が響いていて、それらの音が混ざるたび、背徳感に背筋が震えた。

「は、ぁ……っ」

後ろから激しく蜜壺を穿《うが》たれ、全身にしっとりと汗が浮かんでくる。

壁に頬を押し当てて快感に喘《あえ》いでいると、後ろから顎を掴まれ、噛みつくようにキスをされた。

「ふぅ、……んっ」

同時にごりっと音が鳴りそうなほど強くなかを貫かれて、目の前がちかちかする。大きな快楽の塊が、体の芯でぱんっと弾けたのが分かった。

「っ……んっ……！」

頭がじわっと痺れる。爪先に力が入ってかかとが立ち、マティの剛直を呑みこむ蜜襞が蠕動《ぜんどう》した。締め付けにマティが短いうめき声を漏らし、唇を離してもう一度強く腰を打ち付ける。そして後ろからミリアを抱《だ》き竦《すく》めるようにして、自らの精を胎のなかへと吐き出した。

「はぁ……ぁ……あっ」

彼の雄芯がびくびくと震えている。その動きを生々しく感じながら、ミリアはぼうっと視線を彷徨わせた。

――あ……子種……。

外に吐き出してもらうべきものを、全て子宮で受け止めてしまった。

しまったと思ったが、白濁を吐き出し少し萎えた肉棒で奥をぐちょぐちょと弄ばれると、すぐに頭が馬鹿になって何も考えられなくなってしまう。

「ミリア……ああ……嬉しいよ……愛している、ずっと大切にすると誓う……」

「……マティ」

あまりの幸福感に、ミリアは軽く振り返ってうっとりと微笑んだ。

彼もまた幸せそうに笑み崩れ、ミリアにキスをする。余韻を楽しむように緩く自身を抽挿しながら、ミリアの白い乳房を手のひらで弄ぶ。

すぐに雄を抜いてもらえるものだと思っていたミリアは少し戸惑ったが、戯れるような愛撫は心地よく、彼にもたれかかるようにしてうっとりと目を閉じた。

「結婚しよう……ミリア」

後ろからはむっと耳朶を噛まれ、じんと胸が震える。本当にそうできたら、とても幸せだろうと思った。

——いいのよ、今は夢のなかだもの。

ミリアは自分に言い訳をしてから、唇に返事を乗せた。

「はい……マティ」

「ああ……嬉しいな……！」

マティが後ろからぎゅっとミリアを抱きしめる。そしてそのまま数歩後ろに下がると、背後にあるベッドにミリアごと倒れこんだ。

「マティ！」

「大丈夫、ベッドを汚さなければいいんだろう？　こうして繋がったまま私の上に乗っていたら、ミリアのここから精液ももれないし、シーツも汚さない」

こちらはそういうわけにもいかないのだが、幸せそうなマティを見ていると咎める気になれなかった。

身をよじって振り返ると、マティは半分目を閉じ、生あくびをかみ殺している。

「ミリアを抱いて安心してたら、眠たくなってきたな……」

「……では、眠ってください。朝になったら起こして差し上げますから」

「眠っている間に、君が逃げないか心配だ」

「どこにも逃げません、私たちは夫婦になるのだもの」

安心させるように微笑むと、マティがミリアの髪を撫でて「そうだね」と目を細める。

ミリアの胸は罪悪感にちりっと痛んだが、知らない振りをした。

マティがミリアをぎゅうと抱きしめて、目を閉じる。

——というか……繋がったまま、寝てしまわれるのかしら？

股の間がもぞもぞする。眠るなら抜いてほしいと思ったが、彼にその気はないようだし、ミリアとしても少し名残惜しい。

——いいわ……閣下が寝てから、そうっと抜いたらいいのよね。

それまでもう少しだけ、彼と一つになっている喜びを味わっておくことにする。

「愛している……ミリア。朝になったら、二人のこれからの話をしよう」

「ええ……朝になったら」

——もしも……朝になっても、閣下が全てを覚えていたら。

そんなことになったら大変だと思うのに、心のどこかで期待している自分がいる。

とても幸せな時間だったのだ。領地への思いを捨て、いっときだけの恋人になれと言われたら、今なら応えてしまうかも知れないと思うほどに。

口端に苦い笑みを浮かべ、ミリアはそっと彼の腕に頬を寄せた。

衣服越しでも、彼の体温が伝わってきて、あたたかい。あと、繋がっている場所も。

マティが静かな寝息をたてるまで、ミリアはじっと身じろぎせず、その温度と幸福を噛みしめていた。


目覚めると見知らぬ部屋のベッドの上にいた。

――どこだ……？　ここは。

見覚えのない天井をしばらく睨んでから、マティは上半身を起こした。

同時に激しい頭痛があって、額を押さえる。

――なんだ……？

頭を両端から大きなペンチで挟まれているようだ。こめかみがズキズキと痛み吐き気までする。これと同じ状況を、マティは過去にも経験したことがあった。

――私は酒を飲んだのか？

しかし全く覚えがない。酒を飲んで記憶をなくすのはいつものことだが、なぜ飲んだのかも覚えていないのは初めてだった。

宮廷舞踏会に来たのは覚えている。

最後の記憶は――そう、ジェフリーと共に消えたミリアを追いかけたのだ。

そこを最後に、マティの記憶はぷっつりと途絶えていた。

胸に言い知れぬ不安がよぎり、マティは視線を泳がせた。あの二人はあれからどうなったのだろう。

「ミリア……」

「はい、ここにおります。閣下」

ぼんやりと愛しい人を呼ぶと返事が来て、マティははっと顔を上げた。

なぜすぐに気付かなかったのか。振り返ればベッドのすぐそばで、きっちりとメイド服をまとったミリアが小さな椅子に腰掛けていた。朝日の差し込む窓を背に、いつも通り感情の読めない表情をこちらに向けている。

「ミリア……なぜ、君が？」

訊ねると、ミリアの瞳がわずかに揺らいだ。

「閣下は昨夜間違ってお酒を飲まれ、気分を悪くされてしまったのです。最初はユーベル様が介抱していましたが、途中で私が交代し、閣下をこの部屋までお連れいたしました」

「そうか……なら、ここは宮殿の客室か」

「さようでございます」

「すまなかった……その、私は君に、醜態を見せなかっただろうか？」

マティには、酔ったときの記憶がほとんど残らない。だがその時を知っているユーベルや両親の話では、マティは酔うと歌ったり逆立ちをしたりするという。

何年も恋思っている相手にそんな姿を見せていては目も当てられない。

二日酔いとはまた別の意味で頭が痛くなってくる。

「……いいえ。閣下は部屋に到着された後、すぐに寝入ってしまわれましたから」

ぐっぐとこめかみを指で押さえていると、ミリアが折り目正しい口調でそう答えた。

――本当だろうか？

酔った時の自身の奇行を聞かされているので、いまいち信じがたい。

彼女は自分を尊敬してくれている。気遣って黙っているということもあり得るだろう。

疑い始めると、また新たな不安の種がマティの胸に芽生えた。自分たちは同じ部屋で一夜を過ごした。酔った自分は、彼女への欲望を抑えられたのだろうか。

マティはさりげなく自分の服装を確かめた。コートはおそらく、寝苦しくないように彼女が脱がせてくれたのだろう。クラヴァットも外されているが、それ以外に服装の乱れはない。ズボンの前もしっかりと止まっている。

リネンにも大きな汚れや乱れはなく、ここで何かあったとは考えにくい。交換や掃除をするにも、真夜中に彼女ひとりでここまではできないだろう。

——酔いに任せて、彼女を襲ったということはなさそうか……。

だが妙に胸がざわめく。

「ミリア……どうして朝まで私と一緒にいたんだ」

「閣下の体調が心配だったからです」

「昨夜だが、私は……」

君に無体を働かなかっただろうか。

そう訊ねる前に、ミリアが「閣下」と名を呼んだ。

「一つ、私から質問してもよろしいでしょうか？」

ミリアの顔色は普段とまったく変わらない。

「もちろん」と頷くと、やや間を置いてからミリアが口を開いた。

「閣下は以前……私にドレスを贈ってくださいました。その理由を訊いてもよろしいですか？」

「ドレス……」

全く予想していなかった質問が飛んできて、マティは怯《ひる》んだ。それをいま訊くのか。なぜだ。

背中に嫌な汗が流れる。あれは彼女に突き返されたものだ。互いに今日まで深く触れてこなかったのに、なぜ今なのか。考えずとも理由は一つしかない。自分はきっと、昨夜何らかの失礼を彼女に働いた。そして、いまからハッキリと振られるのだ。

焦りと、動揺と、頭のなかで鐘をつかれているような痛みと。とても冷静な状態とはいえない。いま彼女とドレスの話をして、失態を演じない自信がない。

「ああ……舞踏会の……あれはジェフリーに言われたんだ。エスコートをするなら、女性にドレスのひとつでも贈るべきだと」

だから咄嗟にそう言い訳をした。嘘はついていない。

「……そうでしたか、ジェフリー様の」

その時、雲の加減か、窓からの日差しが少し強くなった。眩しさを感じ、目を細める。逆光がほんの一瞬、彼女の表情をマティの視界から隠した。

「閣下……閣下の不安を解消いたします」

光がおさまった時、彼女はいつも通りの表情で、マティをじっと見つめていた。

「どうかご安心ください。昨夜、私は閣下をここにお連れして、寝かせただけ。私はつい先ほどまでソファでうたた寝をしておりました。結果的に同室で朝を迎えましたが、私と閣下の間にはなにも起こってはおりません」

それは一切よどみのない、書類を読み上げる時の『ティーブバレー女史』の声だった。

醒めた菫色の瞳は、マティに一切の言及を許さぬ強さを秘めている。

彼女はまっすぐに背筋を伸ばしたまま、淡々と、念を押すように言葉を繰り返した。

「閣下と私の間には何も起こりませんでした」

静かな声に圧倒される。

マティはそれ以上、彼女に何も言うことができなかった。


「ミリアさん……最近ずっと顔色が良くないようですけど、大丈夫ですか？」

補佐室で書類の確認をしていると、ユーベルが心配そうにミリアの顔を覗き込んだ。

きゅっと眉根を寄せるユーベルに、「大丈夫です」と小さく頷く。

「最近とても忙しかったので、少し疲れているのは確かですが」

何でもないように返したが、ここしばらく体調が良くないのは事実だった。

ずっと胃がむかむかとして、あまり食事をとろうという気になれない。

——まあでも、本当に忙しかったもの……食欲もなくなるし、疲れもたまるわよね。

目元のくまを指で撫で、ため息をつく。

宮廷舞踏会の日から約三ヶ月。

その間、リースペリア王宮には火急の用務が立て続けに発生し、ミリアたち官僚はみな夜も日も足りないありさま。さらに宰相であるマティの多忙たるや、見ている方の目が回りそうなほどだった。

——でも、そのおかげで閣下とあまり顔を合わせずに済んだのはありがたかったわ。

あの夜以降、ミリアは彼とどんな顔をして向き合えば良いのか、まだ心の整理をつけられないでいた。

最初に分かっていた通り、マティは酔っていた間の出来事を一切覚えていなかった。

愛を囁いてくれたことも、熱を分け与えてくれたことも。

ほっと胸をなで下ろすべきなのに、その事実に直面した時、ミリアは心の深い所で傷ついてしまったのだ。

——馬鹿よね。

期待すれば後で苦しむということも、ちゃんと分かっていたのに。

一時の感情と欲望に流され、彼の温もりを求めた。

良い思い出をもらえたのは確かなのだから、心の痛みは代償だろう。受け入れるべきもので、ミリアもそうするつもりでいる。ただ、少しばかり時間が欲しかった。

ここしばらくの忙しさは、そういう意味で、ミリアにとって恵みの雨のようなものだ。

——それでも……少し、無理をしすぎたのかもしれないわ。

胃の辺りをさすりながら、首を傾ける。

元々体は丈夫な方だ。舞踏会の後は、色々と無理が祟《たた》ったのか久しぶりに熱を出したが、数年遡ってみても仕事を休んだのはそれぐらいである。

ここまで不調を引きずるのは珍しい。

「今日はもう急ぎの仕事もありませんし、早退して医者にかかってください」

ユーベルの言う通り、余裕がある時に休んだ方が良い。

ミリアは礼を言って、彼の言葉に従うことにした。

街に出て、せっかくだからと少し寄り道をしてから、良心価格で評判の町医者に向かう。

そして軽い気持ちで診察を受けた後、告げられた言葉に唖然と口を開いた。

「妊娠していますね」

――妊娠。

その言葉の重みに、ひゅっと細い息がもれる。

心当たりはある。そして、一つしかない。

ミリアが誰かに肌を許したのは、ただ一人だけ、あの一夜だけ。

――嘘、でもあの後……月のものもあったわ。

舞踏会から半月ほどたった所で、確かに出血があった。

それで妊娠はしなかったと、ミリアはすっかり安心していたのだ。しかし考えてみればいつもより期間が短かったし、その後も月のものはきていない。

てっきり、忙しくて周期が狂ったのだと思っていたが……。

医師にそれを言えば、「妊娠した後に多少の出血が見られることはあります」と返された。

――どうしよう……。

手足の指先が急速に冷えて震え、全身に冷や汗が浮かぶ。

――分かっていたはずなのに……。

行為には妊娠が伴う。

けれどミリアは、あの時それを考えることを放棄した。マティに抱いてもらえるかもしれないという千載一遇の機会に目が眩《くら》み、結果、彼の子種を胎で受けとめた。

もちろん、しばらくは妊娠の可能性を考えて悩んだし、自分を愚かだと思って落ち込みもした。

だが出血を見て安心し、すべては終わったことと片付けてしまっていたのだ。

ミリアは悄然《しょうぜん》と帰路についた。

――閣下に言うべきかしら。

子供ができたのなら、ことはミリアだけの問題ではない。

胎に宿った命はマティの子供でもあり、また子供にとってもマティはただの一人の父親である。二人の人間への責任として、起こったことは正直に言うべきだろう。

――けれど、信じてもらえるとも思えない……。

そもそも彼には、ミリアを抱いた記憶がないのだ。

それに、証拠もない。

ミリアには、芽生えた命が彼の子供であると証明する手立てがなかった。

ただ一夜、同じ部屋で過ごしただけの相手から「子供ができた」と言われたところで、彼も答えに窮するだろう。相手がミリアだから話は聞いてくれるだろうが、信じてもらえるかはまた別だ。

きっとミリアを怪しく思うだろう。

他の誰かとの子供を、マティとの子だと偽ろうとしていると思われるかもしれない。

そうでなくとも、彼が酔って何もわからなくなっている所に付け込みましたなんて言うのは、自分がろくでもない人間だと白状するようなものだ。

――閣下に軽蔑されるわ。

相手は一国の宰相であり、公爵家の嫡男。

責任をとって結婚してもらおうなんて考えていない。

正式にマティの子だと証明できない限り――証明できたとしても、自分のような人間が産んだ子を公爵家が認知することはないだろう。

考えている内に下腹がちくちくと痛くなってくる。

マティに話した所できっと何がどうなるわけでもなく、軽蔑されただけで終わる可能性が高い。

ミリアは寮に戻るとすぐにベッドに転がり、お腹を守るように体を丸めた。

――自分のことばかり考えていてはダメよね……。

小さな命に向けて、ミリアはそう語りかけた。

思い返せば、先ほど医者は「おめでとう」と言わなかった。

ミリアの様子を見て、望まない妊娠だと察したのだろう。産み月の説明と同時に、堕胎をするならいつまでかという話をされたのも、きっとそのせいだ。

胸をちりりと罪悪感が焼いた。

――私は……産みたい。

正直、子供が欲しいと願ったわけではなかった。

いまも愚かなことをしたと思っている。それでもマティとの間に授かった子供なのだ。彼の血を引く子供。

それに、ミリアは天涯孤独の身の上である。孤独のまま生きていくつもりだった。

ずっと諦めていた、ミリアの新しい家族。

過ちの末に授かった子供だとしても、ミリアはすでに愛おしさを感じていた。

もしもマティに堕《お》ろしてくれと言われたら――その時は、どこか遠くへ行って産もう。

これまで給料のほとんどを借金返済に費やしてしまったから、手元の貯金は少ないけれど、一年ぐらいなら働かずとも何とかなるはずだ。

――だけど、借金返済はもう無理ね……。

ぎゅっと体を丸めて、ため息をつく。

――本当に馬鹿ね、私……。

欲望に流され、たった一夜で七年の苦労を全て無駄にしてしまうなんて。

それでも、この命と天秤《てんびん》にかけようとは思えない。

鼻の奥がつんとして、目尻から零《こぼ》れた涙がシーツを濡らす。

自分が情けなくて、先の人生が変わってしまったことが怖くて――心細かった。


「久しぶりだな」

一日の予定を確認するために執務室を訪れたミリアに、マティがそう声をかけた。

「最近は、こうしてゆっくり仕事の話をする時間もなかった」

頬杖をついた彼に微笑まれて、ミリアはひそかに息を呑んだ。

――さっそく話す機会が来てしまったわ。

彼の言う通り、最近は忙しさのあまり、こうした確認や報告も歩きながら行うことが多かった。次に二人になったら妊娠を告げようと決めていたのだが、こんなに早くその時が来るとは。

――大丈夫……練習した通りに言えば良いのよ。

どうやって話を切り出そうか、一晩寝ずに考えた。

思い切れば一言で終わる報告だ。けれど、いざマティの顔を見ると心臓がつぶれそうに苦しくなって、なにも言葉がでてこない。

吸う息がとても冷たく感じて、身が竦む。

言いよどんでいると、マティが僅かに瞳を翳らせた。

「昨日、早退をしたとユーベルから聞いたが……確かに顔色がよくないな。無理をせず、今日も休んだほうが良いのではないか？」

「いえ……大丈夫です」

ミリアはため息を堪えて、彼の瞳を見つめ返した。澄み渡るアイスグリーン。微笑みを浮かべた彼は、今日もよくできた彫像のように美しい。しかしよく見れば目元にはやはりくまがあって、とても疲れているように見える。

——閣下はお疲れのはずよね。

マティには公爵家の仕事もあり、近頃はそちらも大変なようだ。

子供ができたなんて言ったら、さらに心痛を増やすことになってしまう。

——とんでもない厄介ごとの種だわ、私。

悩んでいる内に、またお腹がチクチクと痛くなってくる。

結局、その場はどうしても切り出せず、ミリアは執務室を後にした。

——先延ばしにしても仕方がないのに。

分かっているけれど、どうしても言い出せない。

マティに軽蔑されたくない。

産むなと言われるのが怖い。

負担になるのが辛い。

ミリアはとぼとぼと廊下を歩く足をとめ、長いため息をついた。窓の外へ視線を向ける。晴れた空は美しく、蝶はのどかに花と花とを行き来していた。

――閣下は、もうすぐ公爵家を継がれるのよね。

ミリアの仕事は宰相の補佐。公爵家のことは全くというほど知らない。

だが人からの話で、少し前に彼の父が病に倒れ、マティが当主を継ぐ準備に入ったということは聞いていた。本当に――そんな時に、と申し訳ない気持ちになる。

結婚を急《せ》かす声も大きくなっているようで、近頃は宮殿にまで縁談の申し込みが届くぐらいだ。

――我ながら、この状況で『子供ができました』は怪しすぎるわ。

考えれば考えるほど、彼に告げるのが正しいことなのか分からなくなってくる。

告知はミリアの責任だと思ったが、本当は単なる自己満足なのかもしれない。

――閣下を困らせるだけなら……黙って一人で産んだ方が……。

そこまでぐるぐると悩んで、ミリアは頭を振った。また自分に都合よく考えようとしている。楽なほうへ逃げようと。

ミリアはぐっと指でこめかみを押さえると、再び前を向いて歩き始めた。

――私のためじゃないわ。子供のために、ちゃんと言わなくちゃ。その結果信じてもらえなくても、軽蔑されても、それは仕方のないことだもの。

次に会った時こそ。

そう決意を新たにした時、正面から数人の女官が歩いてきた。

彼女たちは珍しくミリアが視界に入っていないようだ。嫌味《いやみ》を言うのも忘れ、自分たちのお喋《しゃべ》りに夢中になっている。

「本当よ、私、お父様に聞いたんだもの。マティ様の縁談のお話……！」

「私も聞いたわ！　他国の王女様を娶《めと》られるのでしょう？」

すれ違いざま。

聞こえてきた会話に、ミリアは息を止めた。

数歩進んで足を止め、ゆっくりと背後を振り返る。

——王女様と……結婚？

意外な話ではない。以前からそういう噂はずっとあった。

ただマティの結婚に関する噂というのは昔から沢山あって、『王女との結婚』もその内の一つにすぎない。

普段なら噂を聞いても少し胸をざわつかせ、『いずれは誰かと結婚する方だから』と自分を慰めて終わるのだが、今だけはそうもいかなかった。

——さっきの侍女たちの話し方は、何か確証がありそうだった。

頭のなかで、候補になりそうな王女の名前が浮かんでは消えていく。

ミリアはそっと、自分の腹に手を当てた。

心臓が破裂しそうなほど早鐘を打っている。

目の前から色が消え、とても一人で立っておられず壁によりかかった。

落ち着けと、自分に言い聞かせる。まだ噂を耳にしただけだ。まずはことの真偽を確かめなければ。確かめて、もし本当だったら――。

――本当だったら、どうするの……？

王女との結婚といえば国事――いや公爵家の結婚自体、国の大事だ。そして相手が王女となれば、外交問題にもなってくる。

そんな所に『子供ができました』なんて訴え出たらどうなるのか。

分からない、想像もつかない。

ひたひたと、自分のしたことの恐ろしさが身に染みてくる。

ミリアはなんとか補佐室に戻り仕事を続けようとしたが、あまりに顔色が悪かったらしく、ユーベルたちに追い返されるようにして早退させられた。

寮へ帰る途中、庭を抜けようとしたところで、正面から見知った顔に声をかけられた。

「ミリアさん！」

「……グレスク侯爵夫人」

年は四十代後半頃。白髪の交じり始めた金色の髪を緩やかに結い上げた、いかにも上品な貴族のご婦人。ミリアの借金を肩代わりしてくれた侯爵夫人エラ・グレスクだ。

馬車を降り、宮殿へ向かう途中だったようで、従者を一人連れ、自身は白い日傘を差している。

「ご無沙汰しております」

「いいのよ、堅苦しい挨拶なんて。それよりも良い所で会えたわ！　あなたに縁談を持ってきたのよ」

頭を下げると、エラは気安い口調でそう言った。

彼女は商会の仕事で各地を巡っており、王都に寄るたびにこうしてミリアに会いにきてくれる。互いに母と娘というほどの距離感でもないが、彼女がいつも自分を気にかけてくれていることは、素直にありがたいと思っていた。その度に縁談の話をもちかけられるのには少々困っていたが。

「あら……随分顔色が悪いのね。何かあったの？　唇まで真っ白よ」

近寄ってきて肩をさする柔らかな手に、ミリアは母を思い出した。

ふっと張り詰めていた緊張が緩む。同時に涙がはらはらと流れた。

「夫人……私、大変なことを……」

「ミリアさん……どうしたの！　私で良ければ話を聞くから！」

夫人が目を丸くする。

ミリアは他にどうしていいか分からず、夫人の腕に寄りかかったのだった。


「宰相閣下のお子を……間違いないの？」

ひとけのない路地に寄せた、グレスク侯爵家の馬車のなか。

聞き耳を立てる者もいないのに、声を抑えてエラがそう問い返す。

ミリアは俯いたまま、ため息をつくように頷いた。

「そう……それは、一人で大変だったわね」

エラは隣に座るミリアの肩を抱き、髪に頬を寄せた。

「よく話してくれたわ……大丈夫、私はあなたの味方よ」

よろよろと顔を上げると、夫人が優しく頷いてくれる。

――ああ……相談して良かった。

ミリアは心からそう思った。

ことは一つ間違えばマティの醜聞だ。エラに話して良いものか悩んだが、彼女も侯爵夫人という立場がある人で、何より七年間も自分を支えてきてくれた人である。

ミリアには他に頼れる女性がいない。男性だらけの職場でずっと仕事だけをしてきたから、女友達すらいなかった。妊娠という大事に同性の味方が一人もいないというのは、あまりに心細かったのだ。だから最も身近な女性であるエラが迷わず「味方だ」と言ってくれたことが、とても力強かった。

「それで……本当に閣下は、あなたを抱いたことを覚えていないのね」

「……はい」

頷くと、エラはミリアの両肩を掴み、強い眼差しでミリアの顔を覗き込んだ。

「では、悪いことは言わないわ。閣下には何も告げないまま、すぐ仕事を辞めなさい」

「え？」

「……閣下はいま、プレデリカの王女と縁談が進んでいるのよ」

ぐっと心臓を掴まれたような気がした。

プレデリカはいま国が貿易に力を入れている国だ。

二人の結婚は両国にとって有益に違いない。

「やはり……噂は本当なのですね」

「あなたもすでに聞いたのね」

エラは神妙な顔で頷いた。

「では、有力貴族の間で、閣下を国王に推そうという声があるのは知っている？」

ミリアは首を斜めに傾けた。それも、マティを取り巻く噂のひとつとして聞いたことがある。

現在の国王は高齢で、跡継ぎはまだ若い王太子がひとりだけ。

そしてエンフィール公爵家は王家の傍流である。

いま国政の中心にいるのがマティであるのは周知の事実であり、このまま彼を国王にと推す声は以前から何度も上がっていた。

マティ自身にいま王位継承権はないが、有力貴族や国民の支持、そして王女の後ろ盾まで得られるとなれば先は分からない。マティが国王になるのも、決して与太話《よたばなし》とはいえない。

「私の所にも、そういった相談がきているから間違いないわ。もちろん閣下がその気になるか、なったところでうまくいくのかも分からない。ただ幾人もの力ある貴族たちがその気になっているのは確かよ。そんな時にあなたに子供できたなんて分かったら……たとえ閣下は受け入れても、周りは決して許さないでしょう。堕ろせと脅されるでしょうし……断れば……最悪……」

エラは言葉を濁したが、言わんとすることは分かった。

——殺される……？

ぞっと背筋が凍りついた。

最初から考えが甘すぎたのだ。

自分のような力のない人間が公爵家——王家に連なる血筋の子を授かるというのがどういうことか、ようやく分かった気がした。

「ミリアさん……あなた、産みたいのでしょう？」

気遣うように問われて、ミリアは片手で腹を押さえた。

——産みたい。

いまの話を聞いても、その答えは変わらなかった。

昨日から悩んでいることも全て、子供を産むという前提の話だ。ミリアには最初から、産むという選択肢しか存在していない。だけど、それは正しいのだろうか。マティを含め、多くの人間に迷惑をかけることになる。国家にも損害を与え、また自分も命を狙われる危険がある。そこまでして子供を産みたいというのは、ただの自己満足ではないのか。それもマティの意志とは関係無く、ただミリアの我が儘で授かった子供を。

――だけど……産みたい。

ミリアは両手で顔を覆って泣き崩れた。

産みたい。だってもうお腹にいるのだ。大好きな人の子供が。大切な……大切な命が。

「絶対に、迷惑……をかけません」

嗚咽《おえつ》で声が震えた。

「どこか遠くで、一人で産んで育てます。だから……産みたい。私はこの子を、産みたいです」

「分かってるわ……もう、それ以上言わないで」

エラがミリアの体を抱きしめる。

「ティーブバレーのことは、私に任せてちょうだい。本当はね、ずっとあなたに悪いことをしたと思っていたのよ。あなたにティーブバレー領を返してもいいなんていったから、女の幸せの全てを諦めさせてしまったと……」

両親を亡くし、多額の借金を負って全てを失う少女を励まそうと提案したが、逆に追い詰めてしまったのではないかと、エラはずっと悩んでいたのだという。

領地は諦め、結婚をして、家庭を持って幸せになってほしい。

そんな気持ちで、エラはミリアに縁談の話を持ってきてくれていたのだ。

「夫人……」

ミリアは目に涙をためたまま首を横にふった。

エラがそこまで自分のことを考えてくれていただなんて。

「安心して……これから先のことは私も手伝うわ。あなたはできるだけ早く仕事をやめなさい」

だがその時、エラの声が少し上ずったような気がした。

まるで笑い出しそうなのを堪えるように。

——何を馬鹿な……そんなはずがないわ。

ミリアは急いで疑念を打ち消した。

本当の母のように心配をしてくれている人に対して失礼だ。

——そう、本当のお母様みたい……。

ずっと一人で肩肘をはって生きてきたけれど、本当は誰かに甘えたい瞬間もあったのだ。

両親が生きてくれていたら——何度そう願ったか分からない。

脳裏に父母の姿が浮かんで、ミリアは目を閉じた。

——お父様、お母様……。

二人との思い出が残るティーブバレー領は、もうこの手に戻らない。

けれど、仕方がない。

ミリアがこの両手で抱えきれるものは、そう多くない。

そして一つを残すなら、それが何かはもう決まっていた。

その後調べてみると、確かにマティと王女の縁談は存在し、公《おおやけ》にはされていないものの前向きに進んでいるようだった。

マティを国王にという話はまったく分からなかったが、ことがことゆえ、簡単に知れないのは当たり前だろう。

ミリアはさらに数日考え、悩みに悩んでから、エラのいう通りにすることを決めた。

もちろん急に姿をくらますわけにはいかない。エラは『出来る限り早く仕事を辞めなさい』と言ったが、ミリアはきちんと仕事の引き継ぎはするつもりでいた。その間に腹が膨らんでくるかもしれないが、ようはマティの子だと知られなければいいのだ。

エラが産み月を偽った診断書を用意すると言ってくれたので——とても迷ったが、ミリアはそれを受け入れることにした。

それから、引っ越しのために荷造りを開始した。元々荷物は少ないし、急ぐことはないのだけれど、何か気晴らしになることをしていたかったのだ。

ありがたいことに、引っ越し先もエラが手配してくれるという。

エラのおかげで、心配事が一つずつ解決していくようだ。ミリアの心は、日に日に落ち着きを取り戻していた。夜眠れる時間も増え、少しつわりが落ち着くと顔色を心配されることもなくなった。そんな自分に気付いたとき、ミリアは少し苦々しい気持ちになった。楽になったのは、マティと向き合うのをやめたからだ。向き合うより、逃げる方が楽なのは当たり前だった。

やがてエラから偽造した診断書が届いた。

退職の意を伝えると決めた日に限って、マティの縁談話が宮殿に届いたり、隣国の王女への出産祝い目録を用意しなければならなくなったりして、思わず苦笑をしてしまう。

そしてマティと二人きりになったタイミングで思い切って話を切り出し――マティは卒倒し、担架で運ばれていく運びとなったのだった。


マティは執務室の隣にある私室に運びこまれ、すぐに医師が呼ばれた。

診断の結果は、頭を軽く打っただけで大事はないということだ。あれから半時間。彼はまだベッドの上で目覚めない。

――閣下が、急な大病でなくて良かった。

ミリアはベッドの隣に椅子を置き、彼の様子を見守っていた。

部屋にはいま二人きり。他の側近たちは、マティが倒れた対応に追われている。ミリアもと思ったが、ユーベルに『目覚めるまで待っていてあげてください』と言われ、ここに一人残る事になったのだ。

心許《こころもと》ない気分だが、ありがたいといえばありがたい。

ミリアには、彼と話すべきことがある。

ぴたりと合わせた膝の上で何度も手を組み替えながら、じっとマティの寝顔を見つめる。

かすかな寝息を立てる彼の顔色は良くない。けれど、やはり美しかった。いつもより血の気が引いた白い顔、時折震える長い睫毛、細い息を吐く薄い唇。さすがにときめける心境ではないが、その顔を少しでも目に焼き付けておきたくて、ミリアは瞬きを惜しんだ。

マティの顔をしっかりと見られるのは、いまこの時が最後だろうと思ったからだ。

それから幾らもしないうちに、マティが短いうめき声を上げた。

「……ミリア？」

心臓がどきりと一度大きく跳ねた。

ミリアは動揺を顔に出さぬよう、細心の注意を払って頷いた。

「はい。閣下……先ほどは急なことを申し上げてしまい、誠に申し訳ありませんでした」

「ああ……いや、そうか。そうだったな」

マティは沈んだ声で相づちを打ってから、自嘲気味に「前にも似たようなことがあったな」と呟いた。きっと酔って倒れたときのことを思い出しているのだろう。

「妊娠したというのは本当なのか？」

「はい」

「産み月はいつ頃だ？」

問いかけながら、マティが立て膝に体を起こす。

ミリアはエラが用意してくれた診断書を頭に思い浮かべた。そこに書かれてあった日付を思い出し、マティに答える。するとアイスグリーンの瞳が揺らめいた。同室で過ごした一夜を思い出し、計算しているのかもしれない。うっすらと背に冷や汗が浮かぶ。ミリアは少し早口に医師の診断書があることと、それを後ほど提出することを伝えた。

彼はどういう心境になったのか、膝頭に顔を埋めて低く唸った。

「君に、そういう相手がいたとは知らなかったな」

「私も、良い年ですので」

「仕事が忙しく、誰かと付き合う暇などないように見えたが」

似たような会話に覚えがあり、ミリアの胸に苦いものが広がった。

「……休日に会っていたのです」

淡々とした口調で返す。

マティはすぐに返事をしなかった。重たい沈黙が流れる。

「相手の男とは結婚するのか？」

ややしてマティがそう訊ねた。

「はい……そのつもりです。子供ができましたので」

ミリアは最初に予定していた通りに嘘をついた。

彼は優しい人だ。ミリアが一人で子供を産むと言えば心配するし、世話を焼いてくれようとするかもしれない。そうなれば、どこから真実がもれるか分からなかった。

隠すと決めたのなら、徹底的に。

ミリアは嘘を貫くと決めたのだ。

「愛しているのか？」

「……え？」

「相手の男を愛しているのかと訊いている」

けれどその質問は想定していなかった。

すぐには答えられず、ミリアは息を詰めて彼の瞳を見返した。

なぜそんなことが気になるのか。どう答えるのが正解なのか。

考えてみようとして――ミリアは微笑んだ。

どう答えるのが正解であったとしても、この質問にだけは嘘をつけないと気付いたからだ。

「はい」

短く頷いて、目を細める。

「私はその人を……心から、愛しています」

そう、心から。彼はミリアの生涯ただ一人のひと。

溜《た》めた想いを吐き出すような気持ちで言えば、マティはきゅっと唇を真横に結んだ。

「そうか……それならいい。おかしなことを訊いて済まなかった」

ふっと息を吐くようにマティは言った。

数秒おいて、彼が微笑む。柔らかい笑顔だった。いつも通りの彼の笑み。

「おめでとう、ミリア。どうか幸せに……君と家族の幸せを願っている」

その瞬間、ミリアの胸にぐっと感情がこみ上げてきた。

腹の子は彼の子供だと言いたい衝動も。

それを堪えて頷く。

「ありがとうございます、閣下」

終わりを告げる自分の声は、この胸の内とは裏腹に、とても穏やかなものだった。

第三章

「あ、ミリアさーん！」

呼ばれた声に、ミリアは立ち止まって振り向いた。

赤い煉瓦造《れんがづく》りの工場の前で、ふっくらとした中年の女性が手を振っている。

ミリアは荷物の籠を小脇に抱えたまま、小さく頭を下げた。

「奥様、どうなさいましたか？」

「ああ、帰る所ごめんなさいね、仕事でどうしてもあなたに訊きたいことがあって……！」

申し訳なさそうに言うのは、この工場主の妻だ。

ここは小さな川のほとりに開けた田舎町。緑溢れる美しい場所で、十年ほど前に水力を活《い》かしたこの織物工場ができてから、経済的にもかなり豊かになったようだ。

ミリアはいま、その工場の帳簿係として働いていた。

スカートのポケットから懐中時計を取り出して時間を見る。そして子供の迎えの時間までまだ余裕があることを確認すると工場に戻り、いくつかの質問に答えた。

「ありがとう……教えてもらって助かったわ！　本当に、あなたがうちに来てくれてどれだけ助かっているか」

「私のほうこそ、雇っていただいて感謝しております」

素直に感謝の気持ちを伝えてくれるペトラに、ミリアはそうはにかんだ。

——本当に、ここで雇ってもらえてどれだけ助かっているか。

マティの子供を授かり、文官を辞めてから早や三年半が経過しようとしている。

ミリアはこの町でとてもよくしてもらっていた。

帰り道。ひとつに括《くく》った髪を軽く風になびかせながら、ミリアは美しい町の風景を見渡した。

歩く道沿いに広がるのは、のどかな田園風景。穏やかな水路には小さなレンガ橋が架かり、所々に水車も見える。農作業を手伝う傍ら、泥を跳ね上げて遊ぶ子供達。

——ここを紹介してくださった侯爵夫人にも、感謝をしなければ。

文官を辞めた後、この町に住むよう勧めてくれたのはエラだ。

エラが経営している商会がここの工場で作る織物を取り扱っており、その繋がりでミリアを工場主に紹介してくれた。

——最初は……少し不安だったけれど。

それは単に住む場所や仕事が変わるからということではない。

ここが祖国リースペリアではないからだった。

町があるのはリースペリアの隣国、エスティア。国を出た方がいいと勧めてくれたのもエラで、生まれた子供がマティにそっくりだった場合、国内だと見つかる危険性があると言われたのだ。

本音では『そこまでする必要があるだろうか』と少し疑問だったが、そこに仕事と住む家を用意されれば、他に頼る当てのないミリアは従うしかない。

実際に住んでみればとても良い所で、職場の人たちもみなミリアに親切だ。ミリアも今では、エラに従って良かったと心から思っている。

ミリアはふっと息を吐くと、茜空へ向けて手をかざした。

工場を出るのがいつもより遅くなってしまった。ミリアは急ぎ足に町の中心地にある小さな教会へ向かった。この町では多くの女たちが工場へ働きに出ている。その間、預かり手のない子供らを教会が見てくれるのだ。工場からかなり寄付があるようで、あたたかい食事に、おやつも出る。安心して子供を預ける場所があるのは、とてもありがたいことだった。

「申し訳ありません、迎えが遅くなりました」

頭を下げて教会に入ると、すぐに小さな体が足に飛びついてきた。

「お母さん、おかえりなさい！」

「ただいま、エミル」

ふわふわの金色の髪を撫でてから、柔らかい体を抱き上げる。すると子供はぎゅっとミリアの首に抱きついて「おかえりなさい、おかえりなさい」と嬉しそうに繰り返した。

子供の名はエミル。もうすぐ三才になるミリアの息子だ。

ミリアはにっこりと笑って、エミルの顔を覗きこんだ。愛くるしい大きな目に輝くのは、宝石のように煌めくアイスグリーン。

「ミリアさん、お帰りなさい、今日はちょっと遅かったのね」

奥から修道女が出てきて、ミリアに微笑む。

「はい……終わりがけに仕事が入って、申し訳ありません」

「良いのよ、気になさらないで。エミルくんは今日もとても良い子でした。この子は本当に賢いわ……将来はすごい人物になるのではないかしら」

修道女はそう言うと、エミルが今日、絵本をひとりで読んだのだと教えてくれた。とくに大人が教えたわけでもないのに、すでに絵本の文字を読み、お話の意味も理解しているようだと。

「この年頃の他の子供とは、何か違うというか……大人の話もよく理解しているし、いつもにこにこしていて性格も穏やかで、我が儘も言わないのよ。他の子供たちにも親切で、上も下もなくすごく好かれているわ」

手放しに褒めてくれる修道女に、ミリアは少しばかり返事に困った。

——閣下に似たのだわ。

だがそう口にするわけにもいかず、曖昧に微笑むにとどめる。

その時、エミルが期待をするような眼差しをこちらに向けているのに気付いた。

たくさん褒められたので、ミリアが喜んでくれると思っているのだ。

「よく頑張りましたね」

にっこり笑って頭を撫でれば、エミルは満面の笑みを浮かべ、またミリアの首にしがみついた。

教会を出た後は、エミルは歩きながら嬉しそうに今日あったことを話してくれる。ミリアはひとつひとつに頷きながら、目を細めて愛くるしい顔を見つめた。

——本当に……日に日に閣下に似ていくような……。

エミルがマティに似ているのは、賢さだけではない。髪の色も、瞳の色も、顔つきも。どこをとってもマティにそっくりなのだ。

エラの言う通り、国内にいたらすぐにマティに知られていたかもしれない。

父と子があまりに似ているので、ミリアもつい、エミルに対して敬語で話してしまうほどだ。

——丁寧に喋るのは、教育にもいいはずよね。

自分の子供相手に敬語はどうかと考えた時もあったが、いまではそう開き直っている。

少しして、二人は煙突屋根の小さな家に帰り着いた。工場の労働者として領主から借りているもので、近所には幾つか同じような建物が並んでいる。一部屋だけの本当に小さな家だが、どこにいても子供が目に入るのは良い。

家に入ると、ミリアはすぐに夕食の支度を始めた。

エミルが暖炉の前の長椅子で遊んでいる間に、パンとシチューを用意して、白いクロスを引いた丸テーブルに並べる。エミルは飛び跳ねるように食卓についたが、自分のシチューにだけベーコンが入っているの気付くと、軽く唇を尖《とが》らせた。

「お母さん、お肉たべないの？」

「私はお昼にたくさんいただいたので、もういいのです」

手製のエプロンをエミルの首にかけてやりながら、ミリアは笑って答えた。

もちろん嘘で、工場ではパン売りが来るぐらいで特に食事は出ない。文官の頃からミリアは昼食を取らない生活だったので、いまもそうしている。

ただ聡《さと》いエミルはそれを知ると母を心配するから、『お昼に工場でたくさんご飯を食べている』ということにしていた。

エミルは頷くと、すぐに笑顔に戻って食事を始めた。

その後は木桶《きおけ》に湯を張って子供と自分の体を綺麗に拭い、隅に置いた質素なベッドに二人で寄り添うように入った。

「お母さん、お父さまのお話をきかせて」

エミルが寝物語に父の話をねだる。

「ええ、もちろん」

ミリアは小さな額にそっと口づけた。

そしてエミルの父がどんなに素晴らしい人で、優しくて、賢くて、偉大な人なのかを語って聞かせる。マティの名前や立場は明かせないけれど、エミルには父を尊敬していてほしかった。

「お父さま、はやくかえってくるといいね！」

目を輝かせてエミルが笑う。ミリアは息子に『お父様は遠くへ仕事に行っている』と説明していた。本当は亡くなったことにするのが一番都合が良いのだが、嘘でも『マティが死んだ』とは言えなかった。

エミルがもう少し大きくなったら、また別の言い訳を用意するつもりでいる。

ただいつかは父に会えると信じている息子を見ていると、罪悪感にきりりと胸が痛んだ。

「お母さんは、お父さまのこと、だいすきなんだよね？」

無邪気に訊ねるエミルに、ミリアは菫色の目を細めた。

「もちろん」と頷くと彼は嬉しそうに笑い、ほどなく安心したように寝息を立て始める。

天使のような寝顔を見つめながら、ミリアはそっと小さな体を抱きしめた。

——愛しいエミル。私の宝物……。

マティの子を授かり、この世に産み落とすまで、ミリアはずっと不安だった。新しい国での暮らしになじめるか。自分に子育てができるのか。お腹が大きくなるにつれ不安は膨らんで、そして彼を腕に抱いた瞬間に消え去った。必死に泣き声を上げる赤ん坊に愛しさを感じると同時に、やっていけるのかという不安は、やっていくのだという強さに変わったのだ。

ミリアはいま、これまでの人生で一番穏やかな日々を過ごしていた。

エミルを見ていると、自然と笑みもこぼれる。

笑顔を忘れた『お堅い文官令嬢』は、もういない。

エミルが完全に寝入ると、ミリアはそっとベッドを抜け出し、今度は戸棚から刺繍の道具を取り出してテーブルに戻った。刺繍は内職で、数をこなせばいくらかの小銭になる。

工場の仕事で母子が暮らせるだけの給金は貰っているが、ミリアには蓄《たくわ》えがない。

いつ自分が倒れてもいいように、少しでも多くのお金を手元に残しておきたかった。

――それに……この子はとても頭が良いのだもの。

エミルが特別賢いことは、もちろんミリアも分かっている。

彼の可能性を潰さないために、ちゃんとした教育を与えてあげたかった。

――でも、私の稼ぎでどこまでやってあげられるか。

例えば大学にまで行くなら、膨大なお金がかかる。

自分の食費を抑え、内職をし、出来る限りのことはしているが、事足りるかどうか――。

ミリアはふっと短い息をつき、刺繍の手を止めた。

色々と考えすぎるのは、疲れているからだ。ミリアはポケットから銀無垢の懐中時計を取り出した。

気付けば良い時間である。明日の仕事の為にも、そろそろ寝た方が良い。

――この時計も……いつかは売らねばならない時がくるのかしら。

そっと文字盤の縁を指でなぞる。

マティから貰った、思い出深い懐中時計。

生涯大事にすると決めていたし、いまもそうしている。

だがエミルのためならば、いつか手放す日がくるかもしれない。

――その頃には……少しは閣下を忘れられているかしら。

ついそんなことを考えて、口元に自嘲が浮かんだ。

マティのそばを離れてすでに三年半が経とうというのに、ミリアはいまでも彼に抱かれた日の夢をみる。彼の唇の柔らかさ、熱い体温、ミリアの肌を撫でる長い指先の感触――夢の再現度に自分で笑ってしまうほどだ。

彼はもう、とっくに結婚しただろうに。

夢に見るほど恋しくて、思い出すだけでも胸が引き絞られるように苦しくなる。

ミリアはそっと、歌を一つ口ずさんだ。子供を起こさないように、小さな声で。それはあの日、マティが自分に贈ってくれた恋の歌だった。

先ほどエミルに言ったことは、嘘ではない。

ミリアはいまでも、マティを心から愛していた。

その日、いつものように仕事を終えたミリアは、工場の建物を出たところで懐かしい声に呼び止められた。

「ミリアか?」

「……ジェフリー様?」

ミリアはハッと目を丸くした。

建物の前に立っていたのは、黒い髪、黒い瞳の長身の男。マティの友人ジェフリーだった。

彼の隣には工場主もいて、ジェフリーを大切な客として出迎えているように見える。

「どうして……」

驚愕《きょうがく》のあまり他に言葉が出てこなかった。

まさかこの場所で、文官時代の知り合いに会うなど想像だにしていなかったのだ。

ここはリースペリアですらない、異国の田舎町であるというのに——。

うろたえるミリアに、ジェフリーもまた言葉を失ったように瞬きをしてから、にっと口端を上げて笑った。

「どうしてもなにも、ここはエスティア。オレの国だ」

そういえばそうだった、と言われて初めてミリアは思い出した。

だが忘れていたというよりは、気にも留めていなかったというのが正しい。

ミリアにとってジェフリーは仕事で数度顔を合わせただけの相手だ。エスティアというだけで、ジェフリーのことは思い出さなかった。

「そして、オレはこの辺り一帯の領主の息子でもある。ちょうど国の仕事が長期休みでね。休暇のついでに工場の視察にいくように父に頼まれたのさ」

ジェフリーの言葉に、工場主が揉《も》み手《で》で礼を言った。工場主は二人が知り合いだったことに驚き、込み入った話があるようだと悟ると、気を遣って先に工場へ入っていった。

――だけど……別にジェフリー様と話すようなことなんて。

昔の知人に会って動揺はしたが、ミリアがここにいるのは悪いことでも何でもない。

ミリアは正規の手続きをとって文官の仕事を辞め、エスティアの居住許可も取得し、工場でも真面目に仕事をしている。エミルの顔を見られるのはまずいが――それ以外に、ミリアに後ろめたいことはないのだ。話があるとすれば『お久しぶりです』『お元気ですか』『領地の職場でお世話になっております』ぐらいだろうか。立ち話ですぐ終わることだ。

しかし、向こうはそうでもないようだ。

ジェフリーはふっと短い息を吐くと、腰に手を当てて黒い目を眇めた。

「しかし……マティが血眼になって捜していた女が、エスティアに……しかもうちの領地にいたとはな……」

「閣下が？」

思いがけないことを言われて、ミリアははたと首を傾げた。

なぜマティが自分を捜しているのか。それも血眼というほど必死になって。

――確かに……閣下には、退職後エスティアに行くとは伝えなかったけれど。

在職中は、まだこの先どうするかを決めていないと言って誤魔化《ごまか》していた。

ただいきなり行方をくらませてしまっては、ミリアが残してきた仕事で問題が起こったときに対処ができない。

だから緊急の用があればエラに取り次いでもらうように、よくお願いしていたのだ。マティにもそう伝えていた。

――夫人からは何も聞いていないわ。

腑《ふ》に落ちず首を捻っていると、ジェフリーに場所を変えて話をしようと誘われた。

ミリアとしても、もしマティが自分を捜しているのが本当なら対応を考えなくてはならない。

ジェフリーの口からミリアの居場所がマティに知られる可能性もある。事の大小によっては自分からマティに会いに行くか、それともエミルを連れてまた逃げるか。

――とにかく、エミルのことだけは守らなくては。

二人は木陰にある休憩用のベンチへ移動すると、並んで腰掛けた。

「いつからここで働いている?」

話はジェフリーが切り出した。

「……三年半程前にここに移り住みまして、働いてからは二年になります」

「女工をしているのか？」

「いえ、帳簿係です」

「こんな田舎の工場にはもったいない帳簿係だな」

淡々と答えるミリアに、ジェフリーが呆れたように肩を竦めた。

「君は一国の宰相の補佐をしていたんだぞ？　高官も高官だ。他にいくらでも働き口はあっただろう」

「……伝手《つて》が他になくて」

そもそも女性の事務職の働き口自体、リースペリアには少なかった。ミリアが宰相補佐をできていたのも、マティが特別に取り立ててくれたからだ。

女性で、しかも一人で子供を産んで育てようとしていたミリアが、何の伝手もなく前職を活かした仕事に就くのは難しかったのだ。だからミリアはエラを頼った。エラは仕事の内容よりも、子育てのしやすい環境を選んでくれて、ミリアはそれを感謝している。

「伝手？　なぜマティを頼らなかった」

彼は単純に疑問だったのかもしれないが、ミリアは責められているように感じてしまい口を閉ざした。まさかマティの子供を宿してしまったからとは言えない。

「……いや、そもそも旦那はどうした？　君は子供ができて仕事を辞めたんじゃなかったか？」

痛い所を突かれて、思わずため息がもれた。

――ジェフリー様……私が文官を辞めた理由をご存じだったのね。

どちらだろうかと悩んでいたが、マティはジェフリーに話していたようだ。

「夫とは……その、別れました」

一瞬悩んで、職場や町の人たちに説明しているのと同じように答えた。

いまジェフリーに話すことは全てマティに伝わる可能性がある。よく考えて答えるべきかと思ったが、後で工場主に訊かれたら同じだ。

「……別れた？」

「はい。リースペリアで……あの子が生まれる前に」

「なぜマティに言わなかった！」

「……なぜ言う必要があるのですか？」

ジェフリーに詰め寄られて驚いたが、ミリアは無表情でそう訊き返した。

ジェフリーが文官時代の知り合いだからだろうか、久しぶりに表情筋が仕事をしている。

「……ああ、まあそうか。そうだな、君からすればマティはただの上官か」

「閣下からしても、私はただの部下だと思うのですが……」

そう言うと、ジェフリーがきゅっと鼻先にシワをよせた。何か文句を言いたそうな顔だったが、彼は結局ため息だけをついた。

「ジェフリー様……あの、閣下はお元気にされているのでしょうか」

ミリアも本題に入る前にそれだけ訊いておきたかった。

この町に他国の宰相の情報など欠片も耳に入ってこない。ずっと彼の様子を知りたいと思っていたのだ。

「元気とはいえないな」

だがジェフリーの答えは、ミリアの期待していたものではなかった。

「え……？」

心臓が縮み上がった。

彼に何かあったのかと青ざめるミリアを、ジェフリーがじっと見つめた。

「本当に……何も知らないのか」

「閣下に何が？」

「……惚《ほ》れた女にフラれて、ちょっとこっちの方がおかしくなってしまったのさ」

そう言って、ジェフリーは自身の頭を指さした。

どこか怪我《けが》をしたとか、病気をしたとか、悪い想像をしていたミリアは、すぐに言われたことが理解できなかった。眉を寄せて首を傾げ、少し考えこんでから『マティが女性にフラれて落ち込んでいるということだろうか？』と思い至る。

「ああ……大きな怪我や病気ではないのですね？」

あらためて確認すると、ジェフリーはため息をつくように「恋の病といえば病だが……それも重症の」と答えた。

ほっとする反面、ずきりと胸が痛んだ。

——惚れた女……。

プレデリカの王女のことだろうか。

縁談がうまく進まなかったのか、それとも結婚してから諍《いさか》いがあったのか。

「マティ様は……もう、ご結婚をされたのですよね？」

「何を言ってる。マティはまだ独身で、あちこちから非難を浴びてるよ」

「え？」

「ある女にもう一度会わない限り、誰とも結婚はできないと言い切っている」

——ある女。

ミリアは瞳を揺らめかせた。ジェフリーは先ほど、マティが血眼になってミリアを捜していると言った。

話が本題に戻ったことに気付いて、ごくりと生唾を飲み込む。

「まさか……その女というのは……」

「お母さん！」

その時、少し向こうからエミルの声が聞こえた。

ハッと顔を上げると、工場の前で修道女と手を繋いだエミルが手を振っている。

——エミル⁉

慌ててポケットから時計を取り出す。

いつもよりは遅いが、普段ならまだ教会で見てもらえる時間だ。

ミリアはジェフリーに一言断ってから、エミルと修道女に駆け寄った。

「ごめんなさいね。工場に急ぎの用事があったの」

シスターが申し訳なさそうに眉を下げる。

「教会にはもうエミルくんしか子供がいなかったから、ちょうどお迎えの時間と思って連れてきてしまって……お取り込み中だったかしら？」

背後に視線を向けられて振り返ると、いつの間にかジェフリーがすぐ後ろに立っていて、驚愕の目をエミルに向けていた。

「君の子供か？」

「はい……そうですが」

「オレの友人に随分似ているな」

探るようなジェフリーの言葉に、心臓がばくばくと音を立て、全身から嫌な汗が噴き出してくる。

「……マティの子供なのか？」

「違います！」

ミリアはほとんど反射的にそう返した。

——この子が、閣下のお子だと知られてはいけない。

たとえマティがまだ独身でも、重要な縁談を控えていれば庶子の存在は邪魔になる。もしエラが言っていたように王位継承権の諍いがあるのなら、最悪エミルの命に関わるのだ。リースペリアの状況が分からぬいま、とても迂闊《うかつ》なことは言えない。

「私は……閣下とそのような関係になったことはございません！」

マティとエミルは、大人と子供であることを差し引いてもよく似ている。しかも世に二つとない特別に美しい容姿をしているのだ。二人が親子であると疑うのが普通だろう。

だがジェフリーは、意外にもすんなりと納得した。

「だろうな、そうでなければマティが君を手放すはずがない」

顎を撫でながら、ジェフリーが頷く。

「ミリア、悪いがさっきの話は忘れてほしい」

「え？　ですが、マティ様が私を捜しておられると……」

「いや、オレが口を挟むことではなかった」

ジェフリーはそう言うと、話は終わったとばかりにミリアの肩を軽く叩き、工場の方へと歩いて行く。

「ジェフリー様！」

ミリアは呼び止めようと声をかけたが、彼はひらひらと手を振るだけで振り返ることはなかった。

――どういうこと……？

エミルの前でマティの話をするのは避けたかったから、ジェフリーがすんなりと引き下がってくれたのは助かった。だがマティがなぜ自分を捜しているのか、肝心なことが分からずじまいだ。

母の様子がいつもと違うことに気付いたのか、エミルが不安そうに寄ってきて、ミリアの手をぎゅっと握る。ミリアはその場に膝をついて小さな体を抱きしめた。菫色の目を強く閉じて息を吐き出す。

いま自分が不安なのか、それとも――マティが自分を捜してくれていることに喜びを感じているのか。自身の心すらミリアには分からなかった。


――どうして……閣下は私を捜しておられるのだろう。

家に帰ってからも、ミリアはジェフリーに言われたことを考え続けていた。

『……惚れた女にフラれて、ちょっとこっちの方がおかしくなってしまったのさ』

ジェフリーの最後の言葉が脳裏に蘇っては、首を横にふる。

本人の言葉でもないのに、真に受けるのは愚かすぎる。けれど、どうしても思い出してしまうのだ。

あの夜を、甘い囁きを。

――もしかして、閣下も私を……。

うとうととするエミルをベッドで寝かしつつ、ミリアは口端に自嘲を浮かべた。

馬鹿なことを。以前にも同じような期待を抱き、粉々になったのを忘れたか。

ミリアはそっと、エミルに気付かれない程度のため息を落とした。

愚かな期待に胸を騒がせている場合ではない。これからどうするかを考えなくては。

ジェフリーは、マティにミリアの居場所を話すだろう。さすがにマティ本人がここまで来たりしないだろうが、用があるのが本当なら使者を寄越すのはあり得る。

――侯爵夫人に相談するべきかしら。

脳裏にエラの顔を思い浮かべてから、小さく頭を振る。

エラに話せば、すぐにまた別の場所へ引っ越すように言われるだろう。彼女はミリアが少し疑問に感じるほど、エミルをマティから隠そうとしている。それだけ心配してくれているのだと思うとありがたいが、今はまだもう少し様子を見たかった。

異国の町や、新しい職場にようやく馴染《なじ》んできた頃なのだ。エミルを連れてまた一からと思うと、やはり不安がある。できればそれは最後の手段にしたい。

――だいたい閣下ご自身が私たちに危害を加えることはないのだもの。

良くないのは、エミルがマティの子供だと世間に知られることだ。

だからジェフリーには言えなかった。ミリアは彼を信頼できるほど知らない。

――それに、いまはエスティアにいる。エミルの存在が人に知られたからと言って、すぐに危険があるわけではないはずよ。

身ごもった時はリースペリアにいて、子供の父親がマティだという噂が広まれば、すぐにでも危険があるかもしれない状況だった。またマティにはミリアを抱いた記憶がなく、子供ができたと告げることで、どのような事態が起こるか予想がつかなかったのだ。

ミリアは腹の子を守る最善の方法だと信じて、黙って彼の元を去った。

けれどいまミリアたちがいるのは隣国のエスティア。そして今日までエミルをマティの子供だと明かさず、静かに生きてきた事実がある。万が一エミルを疎ましく思う者がいて、すぐに異国にまで追っ手を放ってくるとは考え辛い。世間に知られたと分かってから逃げても、十分間に合うのではないかと思うのだ。

もちろん迂闊な行動は避けるべきだろうが、少なくともマティに知られたからといって、直ちに危険があるとは考えられなかった。

――閣下がもしエミルの存在を知ったら……。

彼は、ミリアに自分によく似た子供がいることを知って驚くだろうか。

一夜の記憶がないのは変わりないから、エミルを自分の子供だとは思わないだろう。いや――もしかしたら少しは疑うかもしれない。あの夜に何かあったのではないかと。

――いま考えても仕方ないわ……。

ミリアはそこで深くため息をついた。そもそもマティの用件がどのようなものかも分からないのだ。マティは思慮深い人物だ。もしもエミルのことが知られたとして、それが世間の噂になると危険だと分かれば、そっとしておいてくれるだろう。

――きっと大丈夫……。

なにげない日々がこれからも続いていくはず。ミリアは祈るような気持ちで、エミルの丸い頬をそっと撫でた。

それから七日後の夜。

いつも通りエミルと食事をしていたミリアは、外を走る馬の蹄《ひづめ》と、車輪の音に気付いて顔を上げた。

――馬車……？

この辺りは工場労働者の家が集まっている地域で、貧しいとまではいかないが、さほど余裕のある暮らしをしている者はいない。馬車を使うような客が来ることも稀《まれ》だ。

――まさか。

マティからの使いが来たのだろうか。だが、それにしてはいくら何でも早い。ここからリースペリアの王都まで、どれだけ馬車を飛ばしても片道四日はかかる。ジェフリーがすぐにマティに知らせたとしても、ここへ使者がくるのはまだ先だろうと思っていた。

信じがたい気持ちだったが、馬車はやはりミリアの家のすぐ前で止まったようだった。

「お母さん、おうまさんかな？」

家の壁は薄いから外の音がよく聞こえる。馬の鳴き声に、エミルが愛らしいアイスグリーンの瞳を輝かせた。

「え？　ええ……」

「みたい！」

大きな声を上げるエミルの口に、ミリアはとっさに人差し指を当てた。

「エミル……ごめんね、少し静かにしていて」

テーブルに置いてあった布でさっとエミルの口元の汚れを拭い、体を抱き上げてベッドまで運ぶ。

ここなら扉を開けても、使者からエミルの姿は見えないはず。

「お客様が来たようですから、ここで待っていてください」

そう言うと、エミルは不思議そうな顔をしつつも頷いた。馬が見たいはずなのに、文句を言わずにベッドの上で膝を抱えて座り、きゅっと唇を横に結ぶ。母の様子がいつもと違うと察しているのだ。

とんとんと玄関扉を鳴らす音がする。

ミリアは深く息を吸うと、返事の前にまず窓から外を見つめた。表に黒塗りの馬車が停《と》まっている。

いかにも高級そうな貴族の馬車だ。

――やはり……公爵家からの使者なの？

マティの用とはそれほど火急のものだったのだろうか。

何を言われるのか、どうしろと言われるのか。考えるほど全身に緊張が走る。

――とにかく、エミルのことだけは守らなくては。

決意をした時、客人が焦れたようにもう一度扉を叩いた。次いで声が聞こえる。

「ミリア……夜分にすまない。私だ。マティ・エンフィールだ」

その声に、ミリアは思わず耳を疑った。

「……閣下？」

夜分だからか。声量を抑えているが、確かにそう名乗った。何より自分が彼の声を聞き間違えるはずはない。三年半ぶりでもはっきり分かった。いま聞こえたのは、間違いなくマティの声だ。

――まさか……閣下が直接来られたの？

心臓が激しく鼓動する。

そんな馬鹿な。彼は一国の宰相だ、そうそう国を離れていい人ではない。

いったい何が起こっているのか。ミリアは吸い寄せられるように扉へ歩みよった。緊張のあまり何もない場所で転びそうになる。扉の前に立ち、錆《さ》びた扉の取っ手を掴んだ所で、自分の手が激しく震えているのに気付いた。

――怖い。

あまりにあり得ないことが起きている。マティが直接ここまでくるなど、明らかに異常だ。

それにマティの子供を隠れて産んだ自分は、いったいどんな顔で彼と会えばいいのだろう。急なことすぎて、全く心の準備ができていない。

「ミリア、そこにいるのか？」

気配に気付いたマティが、焦れたように声をかけてくる。

ミリアはぎゅっと目を閉じると、おそるおそる扉を開いた。

「はい……」

小さく答えて、まずは隙間程度の幅から向こうを見る。

だがいきなり顔を見る勇気はなくて、視線は地面に落とした。よく磨かれた黒い靴。そこにマティがいるのだという実感が一気に湧いてきて、胸が引き絞られるように苦しくなる。マティがそこにいる。嬉しい。怖い。会いたい。会いたくない――。

「はい、ミリアです……エンフィール宰相閣下でいらっしゃいますか」

視線は彼の靴に落としたまま、ミリアはそう声を震わせた。

「お久しぶりでございます。あの……ど、どうされたというのでしょう。このような場所に、閣下が直接来られるだなんて……その、私にいったいどのような用が……」

だがマティは答えない。

ミリアは数秒待ってから、ゆっくりと顔を上げ――ぎょっと目を開いた。

「閣下……!?」

そこに立っていたのは、確かにマティ・エンフィールだった。黒い外套を羽織り、アイスグリーンの瞳で静かにこちらを見おろしている。

だがその頬はこけ、目の下にはくっきりと隈《くま》が浮かび、痩せすぎて目はぎょろりとして見える。三年半前、まるでよくできた彫像のように完璧な造形を誇っていた容姿が、いまは別人のようにやつれ果てていた。

――ど、どうなさったの……。

ミリアは唖然と口を開いた。

昔はいつも一つに纏めていた髪も下ろしている。太陽の光を集めたように鮮やかだった金色の髪からは、一切の艶が消えていた。

病気だろうか。そう考えた瞬間、ミリアは悲鳴のような声を上げた。

「どうされたのですか！　閣下……そんなやつれられて、お体が！　お体が悪いのですか！」

うろたえるミリアに、マティは何も答えない。答えずにただじっとミリアを見つめ、それから涙を堪えるようにぎゅっと目を閉じた。

「とりあえずお入りください、なかで休んで……あ、その狭くて何もないところなのですが……いまお水を……」

ミリアは一気に扉を開くと、慌てて彼を家のなかへ招いた。従者は連れていないようで、馬車には御者がひとりいるだけだ。マティがふらふらとした足取りで家に入ってくる。そして奥へ視線を向けて息を詰めた。

「……あの子は？」

マティが小さな声で訊ねる。水を入れようとキッチンへ向かいかけていたミリアは、ハッと立ち止まって彼の視線を追った。そこにはミリアの言いつけを守り、ベッドの上でじっと膝を抱えて座るエミルがいる。

ミリアは思わず「あっ」と声を漏らした。

マティのやつれ具合に驚きすぎて、エミルを隠さなくてはいけないことを失念していた。

「あ……あの、あの子は……私の子供で」

「私の子供な気がする」

「……は？」

動揺するミリアを余所《よそ》に、マティは真剣な顔でエミルをじっと見つめている。

そして何やら力強い口調で、言葉を繰り返した。

「あの子は、私の子供な気がする」


「お母さん、すごい、おもちゃがいっぱい！」

エミルと二人きりに戻った家のなか。

狭い室内はいま、玩具《おもちゃ》や子供服が入った箱で埋め尽くされ、まさに足の踏み場もない状態だった。

――何がどうなっているの。

事態が呑み込めず、もうずっと頭が混乱している。

エミルが馬の玩具を取り出して喜ぶ一方、ミリアはただ呆然《ぼうぜん》と立ち尽くしていた。

あの後――マティがエミルを見つけ『私の子供な気がする』という問題発言をした後。

ミリアは何も言葉を返せなかった。

頭が真っ白で、どう返すのが正解なのか判断がつかなかったのだ。

青ざめて黙り込むミリアに、マティは『夜分にすまなかった。今日は顔を見に来ただけだ』と早口に告げた。そして去る前に、馬車からこの大量の荷物を下ろして家に運びこんだのだった。

——これだけの荷物を、どうやって客車に積んでいたのかしら。

頬に手を当てて、箱で埋め尽くされた床を見渡す。

少なくとも、マティが足を伸ばして座っている余裕はなかっただろう。

「これが……全て、エミルへの贈り物って……」

ミリアも最初は、黙々と荷物を運びこむマティにただ困惑していたのだが、途中で我に返って『これは何でしょうか?』と訊ねた。

すると彼は至極真面目な顔で『子供への贈り物』だと答えたのだ。

『君に子供がいることは知っていたから……何がいいかと悩んだが、分からなかったので。とりあえず良いと思った物を全て買ってきた』

『良いと思った物を……全て……』

ミリアは呆気《あっけ》にとられた。

『お気持ちは……ありがたいのですが、その……多すぎませんか?』

以前のマティなら、この狭い家にこれだけの荷物を運びこむような真似《まね》はしなかったはず。

やつれ果てた顔で、髪も整えずに人の家に来て、異常な量の玩具や服を大量に贈ってくるかつての上司。意味が分からないを通り越して、怖い。

『これまで会えなかった時間の分だ、足りないことはあれ、多すぎることはない』

彼が何を言っているのかさっぱり分からず、ミリアは全身に冷や汗をかいた。

エミルを自分の子供だと確信しているのか。いや、それなら『私の子供の〝気がする〟』とは言わないだろう。ミリアもまだ彼に何を言うべきか頭の整理がついていない状況だ。

激しく混乱しつつも、ミリアはとりあえず、いま彼に説明している通りのことを口にした。

『あの子は、閣下のお子ではないのですが』

輝きを失ったアイスグリーンの瞳が、じっとミリアを見つめる。何か言いたそうな顔だったミリアは心臓が縮み上がる思いで彼の答えを待ったが、マティは結局『また会いに来る』とだけ言うと、ため息と大量の荷物だけを残して去って行ったのだった。

——本当に……閣下に何があったの？

彼があれほどやつれていた理由も訊けずじまいだ。

大病ではないのか心配でならない。それに宰相の仕事はどうしたというのか。

「ねえ、お母さん、さっきのひとはだれ？」

玩具を手に、エミルが目を輝かせて訊いてくる。

ミリアは困り果てて「うーん」と唸り声だけを返した。

――エミルは……閣下を父親だと気付いていなさそう。

エミルには常々、父がいかに素晴らしく、美しく、聡明《そうめい》で、光り輝く存在であるのかを語って聞かせているから、先ほどの変わり果てたマティを見てそうだとは思いもよらなかった。

エミルにも何をどこまで説明するのか、よく考えなくてはならない。

――とりあえず……玩具や服をこんなにいただくわけにはいかないわ。

手土産として一つぐらいは受け取って良いかも知れないが、それ以外は返すべきだろう。

大体、家がこの状態では生活ができない。

――だけど、いま閣下はどこにいらっしゃるのかしら。

『また来る』と言っていたから、近場に宿をとっているのだろうが――彼が来てくれないことには、玩具を返せない。せめて宿の名前だけでも訊いておくべきだった。

ミリアは片手で頭を抱えると、一つ大きなため息をついたのだった。


翌朝。

床にあった箱はひとまず端に積み上げ、ミリアはいつも通り仕事へ向かった。

だが工場に入った所で、奥の部屋から血相を変えた工場主が飛び出してきた。

「ミリアくん、君にお客様だ！」

ミリアの肩を両手で掴んで工場主が叫ぶ。

「お客様……？　私にでしょうか」

「そうだ、今日はもう仕事は休んでいい！　必要なら明日も明後日も……！　連絡はいらないから、好きなだけ休んでくれ……！」

「で、ですが……それでは帳簿が……」

「大丈夫……我々でなんとかする！　分からないことがあれば後で訊くようにするから！」

尋常でない工場主の様子に、ミリアは目を丸くした。いったい何ごとか。

戸惑っているとまた奥の部屋から、今度は二人の男が出てきた。

どちらも長身で、素晴らしく見目が良い。

いかにも仕立てのよい黒いコートを纏い、首にはクラヴァットをまいて、白い手袋を嵌めている。

洗練された佇まいの、見るからに上流階級の貴族の男たち。

マティとジェフリーの二人である。

「やあ、ミリア」

「ジェフリー様……それに、閣下も！」

ジェフリーに声をかけられ、ミリアは驚きのあまりに一歩後ずさった。

——なぜこの二人がここにいるの……！

心臓が止まるかと思った。

いや、いまは実際に数秒止まっていた気がする。

驚くと同時に、なぜ、どうして、という疑問が頭を巡り、少しして『また会いに来る』といったマティの言葉を思い出した。

――まさか職場に来るなんて！

それもジェフリーを伴って。

彼は領主の子息だから、工場主は朝から押しかけられても追い返せないし、ミリアを出せと言われれば従うしかないだろう。

もちろんマティだけでも結果は同じだろうが、ジェフリーがいた方が話は早いに違いない。

しかしマティはどこまで身分を明かしているのか。ミリアはリースペリアで宰相補佐をしていたことを、この工場の人たちに隠している。宰相補佐まで勤めた人間がなぜ隣国の田舎町へ来たのかと、詮索されるのを避けたかったからだ。

できれば彼が身分を隠してくれていればありがたいのだが――。

「リースペリア国の宰相が直々に捜しにくるだなんて、いったい何者なんだ、君は……！」

しかしすぐに工場主の怯《おび》えたような声が届いて、ミリアは深いため息をついた。本当に、マティはどうしたというのか。それでミリアが困ると分からない人ではないはずなのに。昨日からずっと、彼にしては強引すぎる。

ミリアは困惑の眼差しをマティへ向けた。

今日の彼は髪をきちんと一つに纏めており、顔色も昨日より良い。

やつれて精彩を欠いてはいるが、いまのどこか影を背負った彼もまた魅力的だ。

同じように見目が良いジェフリーと並ぶと迫力があり、田舎町の工場が、二人の周りだけ舞踏会場に変わったような気さえする。作業場から女工たちがちらちらとこちらを見ているのに気付いて、ミリアは片手を額に当てた。一刻も早く場所を移した方が良さそうだ。

「……閣下たちに従います。

そう言うと、ミリアはすぐに工場を連れ出され、馬車に乗せられた。

馬車を使うということは、遠くへ連れて行かれるのかもしれない。ミリアは慌てて、正面に座るマティとジェフリーを見つめた。

「あの……どこへ行くのですか？　エミルを……子供を教会に預けてあるのですが」

ここまで一言も喋らなかったマティが、そこで小さく眉を上げた。

「エミルというのか……あの子の名前は」

「……はい、そうです」

「良い名前だ」

マティはぽつりと呟き、また視線を床に落とし口を閉ざしてしまう。

——どうしよう、閣下が何を考えているのか全くわからないわ……。

助けを求めてジェフリーを見ると、彼は軽く肩を竦めてから、無言で自分の頭を指さした。以前も同じ動作で、彼はマティを『ちょっとこっちの方がおかしくなってしまった』と言った。つまりいまも、そういうことだろう。

「エミルを迎えに行こう」

ジェフリーがそう言って御者に指示を出す。

少しして教会に着くと、エミルは馬車を見て飛び跳ねて喜んだ。

「すごい！　ばしゃだ！　おうまさんだ！」

馬の周りを駆け回ったり、頭を軽く撫でさせたりしてもらってから客車に乗り込む。

エミルは馬車に乗るのも初めてだから、ミリアの膝に座って嬉しそうにキョロキョロと車内を見渡した。

「お母さん、ばしゃだ！　すごいね！　おうまさん、いっぱい走ってつかれないのかな？」

「そうですね……お馬さんは強いですから、簡単には疲れないのでしょう」

「そっかあ、すごいね！　ねえ、どこまでいくの？」

エミルの質問を受けて、ミリアはあらためて正面の二人を見つめた。

「私もそれを知りたいのですが……どこへ向かうのか、いい加減教えていただけませんか？」

「……しばらく、ジェフリーの実家で世話になろうと思う」

窓枠に頬杖をつき、ぼんやりとした目つきでエミルを見ながらマティが答える。

ジェフリーの実家といえば、つまり侯爵家の屋敷ということだろう。確かにマティが滞在するのに、それ以上適した場所は付近にない。

「はあ……閣下がでしょうか？　それはよろしいと思うのですが、ひとまず今どこへ向かっているのかを教えていただけると……」

「私たち三人だ」

「……は？」

「私たち三人で世話になる」

意味が分からない。ミリアはまたも助けを求め、ジェフリーへ視線をやった。

彼もまた、先ほどと同じように肩を竦める。

「賓客用の別館があるから、そこを使ってくれていい。父にもすでに話を通してある」

そんなことは訊いていないのだが、おかげでようやく事態が飲み込めて、ミリアは顔を青くした。

「私とエミルも、ジェフリー様のお屋敷に連れて行くということですか⁉」

「そうだ」

声を上げるミリアに、マティが静かに頷く。

「私とエミルにはちゃんと家があるのです！　なぜジェフリー様のお屋敷に……！」

「君がまた逃げたら困る」

視線をまっすぐミリアへ向けて、マティが答える。

「わ……私は、逃げてなど……」

ないとは言えなかった。

マティが重たいため息をつく。

「それに、あのような家に君とエミルが住んでいると知って、私が置いておけると思うか？　昨日はあれからジェフリーの元まで走らなくてはならなかったから我慢をしたが、本当は一晩だけでも心配で堪らなかった」

早口に言われて、ミリアは少々むっとした。狭い家だが、あれでもミリアの大切な住まいだ。誰であれ『あのような家』呼ばわりされたくない。

だが公爵家の血を引くエミルを住まわせるのに相応しくないのはその通りで、罪悪感もあるのだ。よって、ミリアは控え目に反論をした。

「そんな粗末な家ではないと思うのです……私もエミルも、気に入って住んでおりますし……」

「気に入っているか、いないかという話ではない！　女性と子供だけで住むには、あの家は危険だと言っているんだ！　玄関扉は簡単な鍵が一つあるだけで、私でも蹴破れそうだった！　窓の位置も低くて、あれなら割ってなかに入れるだろう！　これまで暴漢に踏み込まれなかったのが奇跡だ！」

文官時代を含めても、彼が怒鳴る姿を見るのは初めてだった。

「も、申し訳ございません……」

やはり彼はエミルを自分の子供だと確信しているのかもしれない。公爵家の子供をあのような場所に住まわせて怒っているのだ。

彼に叱られ、つい目に涙が浮かんだ。今でもミリアは、彼に軽蔑されることが怖くて堪らない。

「お母さんを、おこらないでください」

エミルが母を守るように、マティへ向けて両手を広げる。

するとマティはハッと我に返ったように手のひらで口を覆い、「大きな声を出して済まない」とうなだれた。

「怖いんだ……君がまた、私の前からいなくなるのが」

絞り出すような声だった。

震えるマティの肩を、ジェフリーが励ますように叩いた。

「まあ、子供の前だ。詳しい話はうちについてからゆっくりしてくれたらいい」

ジェフリーの言葉に、ミリアは素直に頷いた。

――まだ……事情はよく、分からないけれど……。

だが何も言わずに彼のもとを去ってから三年半。

いまあらためてマティと向き合う時が来ているのだということだけは、ミリアにもはっきりと分かっていた。


ジェフリーの実家である侯爵家の屋敷は、湖のほとりの広い敷地にあって、ミリアたちを乗せた馬車は本館の近くを横切り、さらに小さな橋を渡って別館の前に停まった。白壁の美しい建物だ。

なかに入ると、シャンデリアが照らす玄関ホールでジェフリーの父がひとりで待ち構えていた。

「ようこそいらっしゃいました、エンフィール公爵」

侯爵がマティをそう呼んだことで、ミリアは今更ながら彼がエンフィール公爵家を継いだ事実を知った。三年半前は、マティはまだ跡継ぎの身分だった。

「息子と懇意にしていただき、心より感謝しております。このような場所ではありますが、滞在中はどうかご自分の家と思ってお過ごしください」

「ありがとう、歓迎に感謝する」

二人のやり取りを、ミリアは少し後ろからエミルと手を繋いで見つめていた。

つい一緒に歓迎を受けている気分になるが、侯爵が敬意を表しているのは、あくまでリースペリアの公爵であるマティだけ。自分の存在は明らかに場違いで、恥ずかしささえ感じてしまう。

せめて服装だけでもちゃんとしていればと思うが、いつも通り仕事に行くつもりだったから、地味な古着でなんのお洒落《しゃれ》もしていない。そもそも貴族のお屋敷を訪問するような外行きのドレスなど持っていないといえばその通りだが。

——やっぱり、私までこんな立派なお屋敷のお世話になるわけには行かないわ。閣下との話が終わったら、家に帰らせてもらおう。

そう独りごちてから、ミリアはエミルの愛らしいつむじを見下ろした。

——だけど、エミルは……。

エミルは庶子とはいえ、公爵家の血を引く現状マティの唯一の子供だ。

ここで歓迎を受ける権利は十分にある。彼をあの狭い家へ連れて帰るのは、自分の我が儘なのではないか。そこまで考えて、ふと胸に不安がよぎった。

息子と離れ離れになる可能性があると、いまようやく気付いたのだ。

その時、侯爵がミリアの前に立って、マティに向けたのと同じ笑みを浮かべた。

「公爵の大切なご友人とお伺いしております、どうかごゆるりとお過ごしください」

侯爵の紳士的な態度に、ミリアは自分が卑屈になっていたことに気付いた。慌ててカーテシーをすると、侯爵がおっと目を瞠《みは》る。それからミリアの隣に立つエミルを見て、ぎょっと目を見開いた。息を詰め、二度見するようにマティとエミルを見比べる。

だがさすがというべきか、侯爵はそれ以上動揺を顔に出さず、さっと笑みを戻してマティを見つめた。

「念のため、公爵の身分は使用人らには明かさず、大切な客人であるとのみ説明しております」

「……ありがとう」

「では何かありましたら、ご遠慮なくお申し付けください」

侯爵が頭を下げて、建物を出て行く。すると壁際に控えていたジェフリーが、こちらに歩みよった。

「積もる話もあるだろう、エミルを預かるよ。本館に菓子と玩具を用意させてある」

ミリアは少し迷ったが、エミルが「おかし！」と喜んだのもあって、ジェフリーに頼むことにした。マティとの間に、エミルに聞かせられない話があるのは事実だ。

ジェフリーがエミルを抱きあげる。エミルは男性に抱っこをされるのが初めてだから、高い視線にきゃっきゃと声を上げて笑った。元々人見知りをしない子だが、ジェフリーのことも苦手ではないようだ。ほっと胸をなで下ろしたところで、マティがうつろな目を二人にむけているのに気付いた。

「か、閣下……？」

あまりに生気のない顔に、ミリアは心配になって呼びかけた。

だがマティが反応するより早く、ジェフリーとエミルが「じゃあ」と仲良く手を上げて別館を出て行く。

マティは深く長いため息をついた。

「場所を変えよう」

彼はそう言うと使用人を一人呼び、その案内を受けて応接間に向かった。

二人きりになり、ソファに向かいあって腰掛ける。それから少し沈黙が流れた。

——私から、話を切り出すべきなのかしら……。

暗い顔で黙り込むマティに、ミリアは所在なく居住まいを正した。

しかし、何から話せば良いのだろうか。マティと再会してからずっと考えているけれど、答えは出ないままなのだ。さらに攫《さら》われるようにここまで連れてこられ、余計に分からなくなってしまった。

マティは、エミルのことをどう考えているのか。ミリアのことは？　彼は何をどこまで知っているのだろう。ミリアには情報が少なすぎる。

——閣下が……私たちを、心配してくれているのは分かったけれど。

ずっと、必死になって自分を捜していたのだというマティ。

昨夜は取るものも取らずという様子でミリアの元にやってきたのに、エミルへのプレゼントだけはしっかりと用意していた。足の踏み場もなくなるほどに。

今だって、心配だからという理由でミリア達をこのように立派な屋敷へ連れてきて、どうやらしばらく面倒をみるつもりでいるようだ。

彼の行動に愛情が伴っていることが分からないほど、鈍感ではないつもりだ。

だがその『愛』はどこから生まれるものなのか。エミルが自分の子供だと気付いて、父親として行動しているのか。それとも——。

「ずいぶん痩せたな……ミリア」

ふいに告げられた言葉に、ミリアはハッと顔を上げた。

愁いを帯びたアイスグリーンの瞳が、まっすぐにこちらを見つめている。

その瞬間、ミリアの胸にぐっと感情がこみ上げてきた。痩せたのはマティの方ではないか。

「……閣下の方こそ。そんなにやつれて、何があったのです。ご病気ではないのですか？　それに……仕事はどうされたのです」

たったいま何から話せばいいのか悩んでいたというのに、ひとつ口火をきると、次から次に言葉が溢れてきた。

「このような他国の田舎町に、私ごときに会いにくる時間は閣下にはないはずです。いったい何が

「……」

「私ごときに？」

マティは眉を寄せ、何か文句を言いたそうにしたが、結局はまたため息だけを落として話を続けた。

「……仕事のことは問題ない。元々長期で休みを取るように言われていたんだ。ずっと働き詰めだったからね、ユーベルにも叱られていた」

「働き詰め……それで、そんなにやつれてしまわれたのですか？」

「私はそんなにやつれただろうか……」

以前より細くなった顎周りを手のひらで撫でてから、マティは口端に自嘲めいた笑みを浮かべた。

「だとしても、何か病気をしたわけじゃない……」

ため息をつくように言って、瞳を揺らす。

そして一度何かを決意するようにキツく目を閉じ、まっすぐにミリアを見据えた。

「……ミリア、単刀直入に訊く。あの子は私の子供ではないのか」

覚悟していた質問だが、すぐに「はい」とは答えられない。

先に訊いておきたいことがあった。

「どうして、そう思われるのですか？　私と閣下の間には……その、子を成すような出来事は何もなかったではありませんか」

そもそも、彼はあの夜のことを覚えているのか。

覚えているのなら認めるしかないが、そうでないならよく考える必要があるだろう。公爵家の庶子であると周囲に知られると、どのような危険があるのか——ミリアは三年半前に思い知ったつもりだ。

「そうだな……」

マティは神妙な様子で頷いた。

「確かに、私には君と夜を過ごした記憶がない……」

その言葉に、ミリアの胸が鋭く痛んだ。

——そう……やはり覚えてはいらっしゃらないのね。

再会後の彼の異常な様子に、あの夜の出来事を思い出したのかと危惧したが、それは違ったようだ。

「なら、どうしてそんなことを？」

「宮廷舞踏会の夜……私たちは同じ部屋で朝を迎えた、エミルはあの夜の子供じゃないのか」

「その夜では、エミルの産み月と一致しないでしょう」

「ならば、エミルはまだ二歳半ということか？　それにしては賢すぎるような気がするが……」

落ち着いた声音で、整然と相手を問い詰めていく。

こういう所は以前と変わっていない。

「それに、エミルは私にそっくりじゃないか。ジェフリーも連絡をくれた時驚いていたよ『お前にそっくりな子供がいる』と。誰が見たって、あの子は私によく似ている」

ミリアは何も言い返せず、ただ口をつぐんだ。

——どうしよう……どうするのが、エミルにとって良いことなの。

マティにミリアを抱いた記憶はないままだが、真実を告げさえすれば、彼はすんなりと信じてくれそうである。彼が認めれば、エミルは公爵家の庶子だ。いまよりずっと良い生活が送れるし、高度な教育だって受けられる。

だが、そのせいで命の危険に陥るようなことはないのか。

まずはそこを確認しなければならない。

「もし……もしもの話ですが、エミルが閣下のお子だとしたら、どうなさるおつもりなのです？　閣下はまだ結婚をされていないようですが、いずれは誰か良い方を娶らなければなりません。その時に庶子がいては……」

「庶子？　なんの話だ、エミルを庶子になどしない。きちんと公爵家の嫡男として迎え入れるさ」

「公爵家の……嫡男？」

それは、これから迎える正妻との養子にするということだろうか。

ミリアの顔は、さっと青ざめた。

——つまり私は、エミルと引き離されてしまうということ？

考えるより先に、嫌だと思った。

それが正しいことか否かを考える前に、本能が拒否をした。後付けのように『正妻がエミルを疎ましく思えば、命の危険があるのではないか』という考えが浮かび、声を上げる。

「ち……違います、エミルは閣下のお子ではございません。あの子が閣下に似ているのは、私が……閣下によく似た人を愛したからです」

「それでもいい」

「……え？」

うろたえるミリアの瞳をまっすぐに見つめて、マティは言い切った。

「それでもいいんだ、ミリア……私と結婚しよう」

あまりに思いがけない言葉に、理解が追いつかずミリアはただ息を詰めた。

マティが腕を伸ばし、ミリアの頬に触れようとして、止まる。

「君は夫と別れたとジェフリーから聞いた。君が私によく似た男を愛し、だからエミルが私と似ているのだというなら……それでもいいんだ」

「何を……」

「私によく似た男を愛したなら……私でもいいはずだ、ミリア。お願いだ、私を代わりにしてくれ」

ミリアの頬のすぐそばで、マティの長く美しい指が震えている。

「どうか、私と結婚してほしい……」

不安そうに揺れるアイスグリーンの瞳。

ミリアはその目に釘付けになった。

「君が欲しいんだ……どうしても」

嬉しいのか、単に驚いているのか。

自分でも分からないが、心臓がはち切れそうだった。

ただ頭が真っ白で、彼の言うことをよく考えられない。

「そ……それは……」

言葉と一緒に、知らず知らず止めていた息を吐き出す。

彼と再会してからずっと訊きたかったこと。マティは、いったい自分をどう思っているのか。何を考えてミリアを捜し、ここまで追いかけてきてくれたのか。それを訊きたくて——訊けなかった。訊いた所で、答えがどうであっても自分のような身分の人間が彼と結ばれるはずがないと思っていたからだ。自分はあの頃と何も変わっていない。成長していない。期待をすることが怖かったのだ。

けれどマティの心に触れて、とうとうミリアはそれを口にした。

「閣下は、いったい私のことをどう思って……」

「ミリア！」

だが最後まで言葉にするより早く、廊下からジェフリーの声が聞こえた。

バタバタと慌ただしい足音がして、はっとマティと顔を見合わせる。

すぐに応接間の扉が開き、ジェフリーが部屋に入ってきた。

「ミリア……！　すまない！　エミルが！」

青ざめた顔でジェフリーが叫ぶ。

ミリアは息を呑むと床を蹴るようにして立ち上がり、応接間を飛び出したのだった。


馬車に乗り込み、急いで本館へ向かうと、エミルは客室のベッドに寝かせられていた。

「本当にすまない……お菓子を食べていたら、急に気持ちが悪いと吐いてしまって。オレも同じ物を食べていたから、毒があったとか、腐っていたとかではないと思うのだが……」

ジェフリーが申し訳ないと頭を下げる。

ミリアはベッドに駆け寄ると、そばに跪いて息子の髪を撫でた。ジェフリーが応接間に飛び込んできた時は驚いたし、馬車のなかで『突然体調を崩した』と聞いてからは生きている心地がしなかったが、こうして見るとそこまで顔色は悪くない。いまはすやすやと寝息を立てていて、命に関わるようなことはなさそうだ。

うろたえていると、マティがミリアの隣に膝をつきそっと肩を抱いた。

「ジェフリー、医者の手配は……？」

「もちろん呼んである、間もなく来るはずだ」

マティの問いかけに、ジェフリーが短く答える。

その通り、ほどなく医師がやってきてエミルの診察をした。

「手足と首に、軽い湿疹《しっしん》があります。何か体が受け付けないものを食べてしまったようですね。初めて食べる物があったのではないですか？」

エミルが食べたものは、医師に見せるためにジェフリーがあらかじめ客室に用意してくれている。甘い香りのする、高級そうなビスケットだ。

「……うちでは、こんな立派なお菓子は食べさせたことがなかったので」

ミリアは力なく答えた。

ビスケットを食べさせること自体は初めてではない。だが家や教会のおやつで出すものとは違う素材が、このビスケットにはあったのだろう。

「特定の食べ物を体が受け付けないという人が時々います。今回は症状も軽かったので、休めばすぐに良くなるでしょう。ですが今後は食べ物に気をつけてあげてください」

医師はそう言うと、吐き気止めなど薬を処方して帰っていた。

「すまなかった」

あらためて謝るジェフリーに、ミリアは首を横に振った。

「いいえ……この子に、そんな受け付けない食べ物があったと私も知りませんでした」

エミルの寝顔を見つめながら、悄然と返す。

だがいったい何がダメだったのだろう。ミリアでは高級菓子の素材など想像もつかない。

悩んでいると、マティが優しくミリアの手を掴んだ。あたたかい手のひらの温度に触れて初めて、ミリアは自分の手がとても冷たくなっていることに気付いた。

「ジェフリー、すまないが……この菓子の素材をすべて調べてもらえるか？　それを後でミリアに見てもらおう。そうすれば原因も分かるだろう」

ミリアの手をぎゅっと握りしめながら、マティがジェフリーに言う。ジェフリーはすぐに頷くと、使用人を呼んで菓子の素材を調べるように命じた。

「ありがとうございます……」

ほっと安堵《あんど》の息を漏らして、二人に感謝の言葉を告げる。

「エミルは大丈夫だ。今夜はしっかりと様子を見守ろう」

安心させるようなマティの言葉に、目にじわりと涙が浮かんだ。

その後は、エミルを連れてマティと共に別館へ戻った。ジェフリーは『今晩はここに寝かせてくれても構わない』と言ったが、自分たちの宿泊の用意は別館にされている様子だったので、そのほうが都合がよいだろうと思ったのだ。

マティが、エミルの体を抱きかかえて馬車に乗せる。心配そうにエミルの顔を見つめるアイスグリーンの瞳はとても優しくて、ミリアの胸は熱くなった。

別館につくとすぐエミルは目を覚まし、けろりと元気に走り回り始めた。機嫌も悪くないようだ。

その後は何ごともなく時間が流れ、夜になった。

「ミリア……入っても良いだろうか」

用意された寝室でエミルを寝かしつけていると、マティの声がした。

「はい」

ちょうどエミルは寝息を立て始めたところだ。小声で返事をすると、彼は足音をたてないように部屋に入ってきた。ミリアはベッドのそばに椅子を置いてエミルの寝顔を見守っていて、マティも同じように部屋の隅にある小椅子を持ってくると、隣に並べて座った。

「エミルは大丈夫そうだな……」

「はい。……その、ありがとうございました」

あの後、エミルが体調を崩した原因はアーモンドであると分かり、マティはすぐに夕食からそれを抜いてもらうように頼んでくれた。てきぱきと行動するマティの背中が、どれほど心強かったか。

――閣下が……これからも、エミルの父親として一緒にいてくれたら……。

ふとそんなことを考えて、先ほどのマティの台詞《せりふ》が脳裏に蘇った。

『君が欲しいんだ……どうしても』

情熱のこもったアイスグリーンの瞳を思い出し、つい頬が赤くなる。

ミリアは、あの言葉の意味を確かめなくてはならない。

けれど話題が話題だけに、再び話を切り出すのには勇気がいる。それに今夜は、できればエミルのそばにずっとついていたい。

「先ほどのことだが……話はまた明日にしよう。君もエミルが心配だろうし、私もそうだ。今夜はここに、一緒についていてもいいだろうか？」

するとﾍ、そんなミリアの心のなかを読んだかのようにマティがそう言った。

ミリアは眉をさげて彼の顔を覗き込んだ。

「ですが、閣下はお疲れでしょう？　リースペリアからの長旅で、まだろくに休まれていないはずです。エミルは私が見ていますから、どうか……」

「いや、いさせてほしい」

エミルの寝顔を見守るマティに、胸が詰まる。同時に不安が心の奥でちらついた。

――私は……大きな間違いをしてしまったのかもしれない。

最初から、エミルがマティの子であると告げるべきだったのではないのか。自分に勇気がなく、楽な道を選んでしまったが為に、取り返しのつかない過ちを犯してしまったのではないだろうか。

――明日……もう一度、きちんと話をしよう。

ミリアはぎゅっと膝の上で拳を握った。

突然の再会に戸惑い混乱していたが、この人がミリアを息子から引き離したり、エミルを危険な目に合わせたりするはずがなかったのだ。マティがどれほど尊敬できる人物であるかを、自分が一番よく知っていたはずなのに。

「では……せめて少しだけでも、目を閉じてください。私は……エミルのことも心配ですが、閣下のお体も心配なのです」

瞳を揺らし、小さな声で訴える。

「なら、五分だけ眠ろうか……ミリア、時間を計ってもらっても？」

過去をなぞる彼の口調は冗談めいていて、本気で言っているのではないとすぐに分かった。

寝室にも時計はあるが、部屋は薄暗く近くに行かねば時間が見えない。マティに、ミリアにそこまでさせるつもりがないのは声の様子からもわかる。だからと言って、ここにあの懐中時計があるとも思っていないのだろう。

ミリアは一瞬息を詰めた後、ポケットから彼から貰った銀無垢の懐中時計を取り出した。

「はい……閣下、時間をお計りします」

彼から貰った懐中時計を、いまも肌身離さず持っている。

仕事へ行くときも、息子の寝顔を見守るときも。

そんな自分は、彼の目にどう映るだろうか。

ずっと秘めていた想いに、彼は気付くだろうか。

「ミリア……」

マティの手のひらが、ミリアの手に重なる。

それからゆっくりと顔が近づいて、鼻先が触れ合う所で止まった。

「……嫌なら手を振りほどいてくれ」

とても静かな声だった。

けれどアイスグリーンの瞳にはちりちりと音がしそうな情熱が灯《とも》っている。

ミリアは睫毛を震わせた後、手を振り払う代わりにそっと目を閉じた。沈黙は数秒。ミリアの意志を確かめるような間の後に、薄く柔らかな唇が重なった。知らず知らずに息が止まる。一度触れて、離れて。また重なって。ただそれだけの口づけに、心臓が壊れそうなほど早鐘を打つ。

——ああ……。

胸が震える。

——閣下が好き……私は、どうしても……この人が……。

薄く目を開けば、彼と視線が絡まった。

マティは優しく目を細めると、一度ミリアの髪を撫でてからゆっくりと唇を離した。

「……すまない、子供の前で」

謝るマティに、首を横に振ると同時に、はっと息を吐き出した。

口づけの間、ずっと息を止めていたのだ。そんなミリアを愛おしそうに見つめてから、マティが言葉を続ける。

「明日……話を聞いてくれ。私の心を……君に打ち明けるから」

ミリアは頷いた。いますぐにでも話をしたいと焦れる気持ちがないわけではないけれど、こんな風に、父と母として息子の寝顔を見守る夜も大事にしたかった。

マティが、ミリアと指を絡めるように手を繋ぎなおす。

そのまま椅子でうたた寝をするまでの間、二人は静かにエミルの寝顔を見守り続けた。

翌朝は、エミルと同じベッドで目を覚ました。

広い寝室には母子二人だけ。マティは夜中にうたた寝をするミリアの肩を叩いて起こし、『エミルはきっともう大丈夫だから、君もベッドで横になった方が良い』と言って自らは寝室を出て行った。

「お母さん、おはよう」

「おはようございます、エミル。体の調子はどう？」

「だいじょうぶ、げんきだよ」

にこっと笑うエミルに胸をなでおろす。顔色も良いし、本当にもう問題なさそうだ。

——そういえば、着替えはどうすればいいかしら……。

急遽《きゅうきょ》ここへ来たので、私物をほとんど持っていない。

寝間着は用意してあったものを借りたが、他はどうしたものか。昨日着てきた服も、湯浴《ゆあ》みの後に使用人に『洗っておきます』と持って行かれてしまって手元にない。

とりあえず一人で寝室を出て使用人に声をかける。するとすぐに数人のメイドが部屋にやってきて、「朝の支度を致します」とエミルを別室へ連れて行った。

またミリアの方にもメイドがついて、銀のたらいに汲んだ湯で顔を洗わせてもらった後は、あれよあれよと外行き用のドレスに着せ替えられてしまった。

華やかなレースがあしらわれた白いドレスだ。襟や袖には繊細な刺繍が施されており、見るからに高価である。

「あ……あの、このような立派なドレスを借りるわけには……」

「しかし、これをミリア様のご衣装として預かっておりますので」

うろたえるミリアに、メイドが困ったようにそう返す。

ちょうどそこで、マティがエミルを抱きかかえて部屋に入ってきた。

エミルの方は着替えが終わったらしく、上質そうな白いシャツに、紺色のジャケットを羽織っている。エミルはお洒落をするのが初めてだから嬉しいのだろう、いつもより澄ました顔で、誇らしげに頬を赤らめている。

「君とエミルの衣装は私が用意した。ジェフリーの伝手で取り寄せてもらったが、急ぎだったので品は選べなかったんだ……気に入らなかっただろうか？」

ミリアは慌てて首を横に振った。

「気に入るとか、入らないとかいう問題ではないのです。このような立派なドレスをお借りするわけには……エミルのお洋服も、汚してしまっては大変ですし」

「借りたのではなく、買ったんだ。私から君たちへの贈り物だ、汚してしまっても誰も怒らないよ」

「贈り物……で、ではなおさら、このように高価な物は……！」

「私は君とエミルを無理矢理ここへ連れてきたんだ。身の回りの品ぐらい用意して当然だろう」

怯むミリアに、マティが優しい口調で言う。その顔は、昨日までに比べると憑《つ》きものが落ちたように晴れやかだ。ミリアと話をし、夜に僅かな時間だが心を通わせたことで、彼のなかで心境の変化があったのかもしれない。

ミリアは戸惑いつつも、あらためてエミルに視線を向けた。

──可愛いわ。

もちろん親から見れば我が子はいつだって可愛いが、装いをきちんとするとまた天使のように愛らしい。これを親馬鹿というのかと少し恥じ入りつつも、胸がきゅんとしてしまう。

エミルは男の人に抱っこされるのが気に入ったのか、マティの首に抱きついてにこにことしている。

「エミルを抱き上げるのを、昨日ジェフリーに先を越されてしまったが……いまこうして抱けて嬉しい」

マティはそう言うと、エミルに向けて幸せそうに笑いかけた。

よく似た顔の美しい父子が見つめ合う姿は、まるで絵本のなかからそのまま飛び出してきたようだ。

──眩しすぎる。

久々にマティが発光して見える。隣に立つエミルもお洒落をしてピカピカに輝いているので、眩しさは二倍だ。ミリアは表情筋を総動員してやに下がるのを耐えた。

「とっても似合っていますよ、エミル」

「お母さんも、きれい！　すごい！」

ミリアが褒めると、エミルはそう目を輝かせた。

自分がお洒落しているのはもちろん、いつもと違う装いの母を見るのが嬉しいのだ。

そんな息子の様子に目を細めてから、ミリアはあらためてマティを見つめた。

「本当に……よろしいのでしょうか？　このような立派なお洋服を着せていただいて」

「もちろん、そうしてくれると私も嬉しい」

マティはにこやかに頷いた。

「それと、朝食の後は少し外に出かけないか？　天気も良いし、エミルもずっと家のなかでは飽きるだろう」

エミルにとっては初めての貴族のお屋敷だ。たった一日で飽きることはないと思ったが、ミリアは深く考えずに頷いた。部下時代の名残か、単にいまでも彼を尊敬しているからか。マティの言うことにはつい従ってしまうし、そうしたいと思ってしまう。

「そうだ、それと……」

マティは「ごめんね」と名残惜しそうにエミルを床に下ろすと、ミリアに歩みよった。そして使用人から装飾品をしまうケースを受け取り、蓋を開く。赤いベルベットの上には、親指の先ほどもある大きな紫色の宝石が連なった首飾りが置かれていた。

「これは……？」

「装飾品が何もないのでは寂しいだろうと、ドレスと一緒に取り寄せてもらった。君に受け取ってほしい」

「ですが……さすがにこれは……」

「大丈夫、君が思うほど高価な物ではないよ」

マティの言葉に、ミリアは疑わしい気持ちで宝石を眺めた。

高価な装飾品にはまるで縁がないが、宮廷に勤めていた頃には何度か見る機会があった。紫の宝石といえばアメジストや、タンザナイトがリースペリアでは一般的だったが、これはどちらとも違う。色はより濃く、輝きは強い。

「……見たことがない石ですが」

「私もあまり宝石には詳しくないが……ジェフリーが言うには、数年間からエスティアで流行しているルピネスという石らしい。加工がしやすく、社交界でも人気なんだそうだ。販路が限られているようで、リースペリアではまだあまり見ないな」

「ルピネス……」

ミリアはなにげなくその言葉を繰り返した。

初めて聞く宝石の名前だが、なぜか心に引っかかるものを感じたのだ。

――加工がしやすい……紫の石。

だが記憶を辿《たど》ろうとした所で、首にひやりと冷たい物が触れた。マティが首飾りをかけようとしているのだと気付いて、ハッと背後を振り返る。

「いけません……まだ流通し始めたばかりの宝石なのでしょう？　希少価値もあるでしょうし、やはりとても高価なはずです！」

咎めるが、マティは聞こえていないふりをした。

「うん、よく似合っている」

「閣下……！」

「ミリア、私の身分は秘密にしているのだから、敬称は困る。名前で呼んでもらわなくては……」

「……マティ様、これは受け取れません」

わざとらしく話を変えようとするマティに、ミリアは仕方なく呼び方を変えてからそう言った。するとマティは嬉しそうに目を細め、緩む口元を隠すように手を当てた。さりげなくミリアの耳元に顔を寄せる。

「知っての通り、朝も夜もなく働いて貯めた私財だ。君を口説くのに使わず、いつ使えと？」

囁かれた内容は勿論《もちろん》、耳にかかる吐息に顔がカッと熱くなる。

――顔が……近いわ！

文官時代は、指先が触れるだけでも心臓がはち切れそうになっていたのだ。会えない時間があって、あの頃よりさらに彼への免疫も薄くなっている。輝きを取り戻したマティの美しさに耐えられるはずがない。

「わ……分かりました、分かりましたから！　距離が近すぎます、マティ様……！」

顔を真っ赤にして言えば、マティは目を丸くし、それから嬉しそうに笑った。

「うん……ありがとう、ミリア」

軽くミリアの髪に触れて、「よく似合っている」と囁く。

そして名残惜しそうにミリアから離れ、エミルの元に戻ってまた小さな体を抱きかかえた。

「君の準備が終わるまで、少しエミルと遊んでいていいかな？　エミル、ここの庭にはブランコがあるらしいよ」

「ぶらんこ！　お母さん行っていい⁉」

目を輝かせて言われたら駄目とも言えない。マティにそんなことをさせてもいいのかと思いつつも、ミリアは頷いた。

身支度を終えて庭へ様子を見に行くと、二人は白いブランコで遊んでいた。楽しげに笑い声を上げるエミルの背中を優しく押してやるマティ。その姿にまた胸がちくちくと痛くなる。

――今日、ちゃんと言おう……エミルは、閣下のお子だって。

結果どうなろうと、それが正しいことだと今はハッキリ思えた。

その後は食堂に場所を移して朝食をいただいた。昨日の夕食はエミルが体調を崩したのもあって消化の良いスープが中心だったが、朝食は庶民からすると目を疑うほど豪華な物だった。

パンは幾つもの種類があって、どれも焼きたての良い匂いがする。パンに塗る物もバター、蜂蜜、ジャムとたくさん用意されていて目移りするほどだ。

他にも野菜がごろごろと入ったスープに、ふわふわのオムレツ。見たこともないような分厚いベーコンがこんがり焼かれて皿にのっているのをみて、エミルは目を丸くしていた。

「これなら、お母さんもお肉たくさんたべられるね！」

無邪気に言われて、ミリアは申し訳ない気持ちになった。普段から自分のスープにしかベーコンが入っていないことを、エミルはやはり納得していなかったのだ。

マティにも気遣うような視線を向けられて、居たたまれない気持ちになる。

――別に、無理をしてあまり食事を摂っていなかったわけではないのだけれど。

エミルを産む前から食が細く、肉を摂る習慣もなかったというだけだ。

ただここで言い訳をするのもおかしい気がして、ミリアは曖昧に微笑むとどめた。

食事を終えると、ミリアたちは侯爵家が用意をした立派な黒塗りの馬車に乗り込んだ。小一時間ほど走って到着したのは、小高い丘にある牧場だ。緑豊かな草原には多くの馬が群れをなしている。エミルはそれを見ると「お馬さんだ！」と両手を上げて喜んだ。

「……ここは？」

「馬の牧場だ。エミルは馬が好きなようだったから、安全に馬に乗せてやれる所はないかとジェフリーに聞いたらここを紹介された」

「牧場……エミルのために」

「子供でも乗れる馬を選んでもらおう」

マティはそう言うと、挨拶に来た牧場主と話をして体の小さな馬を用意してもらった。気性も穏やかで、エミルが乗っても暴れずにじっとしている。

試しに歩かせても問題なさそうだ。馬の牽引《けんいん》は慣れた牧場の人間に任せ、ミリアたちは少し離れた場所にあるベンチに腰掛けた。目を輝かせて喜ぶエミルの様子をしばらく見守っていると、ふとマティが話を切り出した。

「昨日……私がやつれたようだと君は言ったが、それには理由がある」

「理由？」

「夢を見るんだ……毎日、毎日……繰り返し同じ夢を」

「……夢、悪夢ということでしょうか？」

「いや……」

足下で背の低い草が風にそよいでいる。マティはじっとその様子を見つめながら、アイスグリーンの瞳を翳らせた。

「違う、悪夢ではない……君を抱く夢だ」

胸がどきりとした。マティが俯いたまま、言葉を失うミリアに視線だけを向ける。

「ミリアに気味悪く思われるかと思って、昨日は言い出せなかった。私は……君を抱いた夢を見るんだ。毎日、毎日……繰り返しだ。それも、とても夢とは思えない鮮明さで」

聞いている方の胸が痛くなるような声だった。

「本当は、あの夜……あの宮廷舞踏会の夜に君と何かあったのではないかと、私は疑うようになった。

だから君が仕事を辞めてひと月が過ぎた頃に、もう一度話をしようと思って君を捜した。だが……」

どう手を尽くしても、マティはミリアを見つけられなかった。

当然だ。その頃にはもう、ミリアはリースペリアを離れていたのだから。

だが、マティが自分と連絡を取りたいと願ったときには、エラに間に入ってもらうように頼んでいたはずだが――。

「私は国中に私兵を送って君を捜した。周りには正気を疑われたし、事実……私はおかしくなっていたのだと思う。だけど、君が……もしかしたら自分の子を宿して苦労しているかもしれないと思ったら、とても正気でいられなかった」

「マティ様……」

「いや……違う、私は単に……君が恋しかったんだ」

軽く首を横に振り、マティが顔を上げる。そしてまっすぐにミリアを見つめ、手を握った。

「眠ると君を抱く夢を見て……その度に私は君が恋しくて、気が狂いそうなる。眠れなかったのはそれが原因だ。ふとした時に君を思い出して苦しくなるから、仕事を休むこともしなくなった……やつれて見えたとしたら、それが原因だろう」

触れ合った彼の手が熱い。

「私は……君が、ミリアが好きなんだ。あの頃からずっと……君が、君だけが」

ミリアの目から一筋涙が落ちる。マティは長い指で、その滴を優しく拭った。

「エミルは、あの夜の子供ではないかと……私は思っている。だがやはり全てが夢で、君には別に愛した人がいたのだというのなら、それで構わないんだ。どうあっても私は必ず愛情と責任をもって、君とエミルを育てると誓う。だからどうか、私を選んではくれないか」

ミリアはぎゅっと目を閉じた。

胸が苦しくて、痛くて――でも嬉しくて、それが申し訳なくて。

「申し訳ございませんでした……」

彼の手に、もう片方の手を重ねて、声を絞り出す。

「エミルは……閣下のお子です……。私は嘘を吐き、閣下を欺いておりました。私は宮廷舞踏会の夜、酔った閣下が正気を失っておられるのにつけいって、閣下に抱いていただきました……エミルは、その日に授かった子なのです」

マティに驚いた様子はなかった。

まだミリアが話そうとしているのに気付いてか、相づちも打たずにじっと次の言葉を待っている。

ミリアの菫色の瞳からぽたりと涙が落ちて、二人の手の甲を濡らした。

「私には……自分がしたことを閣下に告白する勇気が、ありませんでした。言うべきか、迷っている間に……閣下がプレデリカの王女と婚約されるという話を聞きました。それから……王位を継がれるかもしれないという話を。そんな大事なときに閣下のお子を身ごもってしまい……それが世間に知られたらどうなるのか、閣下には信じてもらえるのか、考えれば考えるほど言い出せなくなり……」

嗚咽に何度も声を詰まらせながら、ミリアは過去を懺悔《ざんげ》した。

「閣下がここまで会いに来てくださった後も、エミルが公爵家の子だと知られると危険があるのではないか……私が、エミルと引き離されるのではないかと不安で。本当に申し訳ございません。全て私が間違っていたのだと……いま、ようやく気付いたのです……申し訳……」

それまで黙って話を聞いていたマティが、堪えきれずとばかりにミリアを抱きしめた。

「もう謝らないでくれ。ミリアは何も悪くない、全て私の責任だ……すまなかった」

彼の腕のなかで顔をくしゃくしゃにしながら、ミリアは首を横に振った。

「いいえ、悪いのは私なのです。閣下はあの日、お酒に酔っておられた。そして……酔っていた間のことを忘れてしまうことも、ユーベル様から聞いて知っていたのです。私はそこに付け入って……」

ミリアの言葉に、マティは悔恨を含んだ声で「違う」と呻《うめ》いた。

「私に欲望があったから君を抱いたんだ。君のことが好きだったから。そうだ……私がもっと早く君に想いを打ち明けていれば良かった。君は部下だったから、その気もない上司に想いを打ち明けられても困るだけだろうと……」

そこで、マティは気付いたように顔を上げた。

ミリアの肩を両手で掴み、戸惑いの表情を浮かべる。

「付け入った？　なぜ君が私に付け入る必要があった？　あの頃、君は私のことなど……」

言いかけた言葉を、マティはそこで呑み込んだ。見開いたアイスグリーンの瞳の中心には、顔を真っ赤にしたミリアが映っている。

「……私は、初めて会った日から、閣下をお慕いしておりました」

「初めて会った日……」

「閣下が、王宮の広場に机を持ち出して仕事をする私に声をかけてくださった時です……私は、あの時からずっと閣下に恋い焦がれておりました……」

切れ長の双眸がぱちっと瞬く。それから忙しく左右に瞳を揺らし、頬を赤らめたかと思うとすぐに青ざめ、額に手を当ててうなだれた。

「私は……君の体を無理矢理奪ったわけではなかったのか」

「当たり前です……！　たとえ酔っていても、閣下はとても紳士的でした」

「君のことだから、私が無理矢理したことを黙ってくれていたのかと。昨日、あの時計を君がまだ持ってくれているのを見て、嫌われていたわけではなかったと……少し安心できたのだが」

マティはそこでしばし黙り込んでから「すまない」と謝った。

「君に苦労をかけて……喜んでいる場合ではないというのに」

そう言うと彼はふっと短い息を吐き、あらためてミリアを見つめた。

「私がふがいないばかりに、君に大変な苦労をさせてしまった。一体どう購《あがな》えばいいのか……だがこれからは、私が必ず君たち二人を守ると誓う」

「閣下……」

「エミルを危険な目に合わせたりはしないし、君をエミルから引き離すなんてこともちろんしない。それだけは信じてほしい」

真摯な声に、ミリアはこくりと頷いた。

マティが少し安心したように肩の力を抜く。

「それから……私はこれまで、一度だって婚約まで縁談を進めたことはない。なぜなら私の心には、ずっと長い間、君がいたからだ」

「ですが……プレデリカの王女と婚約が進んでいると、あの時は確かに」

「確かにそんな話ぐらいはあったかもしれない。だが、縁談を持ちかけられることは珍しくなかったし、私は毎回断っていた」

彼の声音に嘘は見当たらない。もちろん、こんなことで嘘を吐くような人でもないのだが。

「では、王位を継ぐという話は……」

「そんなものは端からない」

マティはきっぱりと言い切った。

「あの頃、私は確かに忙しくしていたが、それは父が病に倒れ公爵家を継ぐ準備をしていたからだ。そもそも私には王位継承権がないことは君も知っているだろう」

「ですが、確かに閣下を王位に継がせる計画があると……」

「誰だ？」

鋭い声で問われて、ミリアは「え？」と目を丸くした。

「君にそれらの話を教えたのは、誰だ？」

自分でも呆れることに、彼の質問を受けて初めて「まさか」という思いが胸をよぎった。

「……グレスク侯爵夫人です」

「君がずっと信頼していた人だな」

ミリアは頷いて、口元に手を当てた。その指先は冷たくなって、小刻みに震えている。

脳裏に優しく微笑むエラの顔が浮かんだ。少女の頃から自分を助けてくれていた、ミリアにとっては唯一頼れる女性だ。

「私からも、お訊ねしたいことがあったのです。閣下はずっと私をお捜しだったと仰《おっしゃ》いました。侯爵夫人は取り次いで下さらなかったのでしょうか」

「君が『何かあればグレスク侯爵夫人に連絡しろ』と言っていたから、真っ先に話に行ったさ。だが彼女は何も知らないと言った。君は誰にも行方を告げずに消えてしまったと……」

胸に芽吹いた不信の種が、確信へと変わっていく。

ミリアはマティと顔を見合わせた。

「私に国を出るように言ったのも、この町の仕事を紹介してくださったのもグレスク侯爵夫人です。知らないはずがありません。何かあった時には取り次いでもらうようにお願いをしていました」

「……君は産み月を偽った診断書を持っていたな。あれを用意したのも彼女か？」

「その通りです」

震えるミリアを、マティは安心させるように再び抱きしめた。

彼の体温にほっと息を吐いてから、彼の腕のなかで顔を上げる。

「ですが……侯爵夫人には私を騙《だま》す理由がありません」

ミリアがマティの子供を授かった所で、エラには何の関係もない。

グレスク侯爵家がエンフィール公爵家と敵対しているという話も聞いたことがないし、公爵家の子供を隠すなどあまりに危険すぎる。

——何か、私に恨みがあった……？

だがミリアもエラとはずっとうまくやっていた。彼女と出会ったのも両親の葬儀が初めて。両親ともさほど関係が深かったわけではないはずだ。

恨みを買うようなことなど何も思いつかない。

——では……恨みではなかったら？

ミリアはそこで、はたと気付いて自分の首飾りにふれた。最近出回り始めたという、大きな紫色の宝石。加工がしやすい上に、他のどのような宝石にも負けないぐらい美しく輝いている。

——お父様たちは、本当に鉱山の詐欺にあっていたの……？

もし詐欺ではなく、両親が本当に鉱山を見つけていたのだとしたら？

それを知っていた誰かが、愚かな小娘からそれを騙《だま》し取ったのだとしたら？

マティは誰もが知る優秀な人物だ。ミリアが彼の妻となることで、自らの悪事が暴かれる可能性があると考えるかもしれない。

全身から血の気が引いていく。ミリアは首飾りの宝石に触れたまま、青ざめた顔で口を開いた。

「閣下、実は……」

その時、乗馬を終えたエミルの声が響いた。

「お母さん、おうまさんのってきた！」

手を振りながらこちらに駆け寄ってくるエミルに、ハッとマティから体を離す。

ミリアはベンチから立ち上がってエミルの体を抱き留めた。

「ミリアは……続きの話は夜に」

「……はい」

「大丈夫だ、必ず全て解決する」

胸には不安や戸惑いが渦巻いていたが、マティの言葉を聞くと自然と肩から力が抜けた。

――そうよね、きっと大丈夫。

もう自分は一人ではないのだ。マティが一緒に戦ってくれる。

そのことがこれ以上なく力強く、嬉しかった。

「と、いうわけで。エミルは今夜オレと寝るそうだ」

その日の夕食を終えた後。

ジェフリーに『エミルを少し預かってほしい』と頼んだ所、あれよあれよとそういう話になった。

――グレスク侯爵夫人の話をする間だけで良かったのだけど……。

メイドにお願いしても良かったのだが、マティが『エミルをひとりで預けられるほどここのメイドをよく知らない』とジェフリーに頼んでくれたのだ。

ジェフリーは子供の扱いがうまく、たった二日ですっかりエミルの心を掴んでしまったようだ。ジェフリーが『それなら今日はオレと寝るか、エミル！』と言うと、エミルは大喜びで『ジェフリーとねる！』と頷いたのだった。

「私もまだエミルと添い寝をしたことがないのだが……」

マティは死んだ魚のような目でそう言ったが、エミルが「ジェフリーのおへやにおとまり！」と喜んでいるのを見て、それ以上の抵抗は諦めたようだった。

何より、二人でゆっくりと話す時間が持てるのはとてもありがたい。

別館を後にする時、ジェフリーはマティに向けて意味深に微笑んだ。

「ミリアとうまくいったんだろう？　国に帰ったら、またいつ二人きりになれるか分からないんだ。まあ……心行くまで、ゆっくり話すといいさ」

彼の心づかいをミリアは素直にありがたいと感じたが、マティの方はなぜか顔を赤くすると「そういう理由でお前にエミルを預けるわけではない」と顔をしかめたのだった。

二人を送り出した後は、ミリアは先に湯浴みを済ませることにした。遅い時間になってからでは使用人たちに迷惑をかけるし、マティも先にエミルと済ませている。

だが湯浴みを終えたミリアは、用意された寝間着を見てぎょっと目を見開いた。

昨日は詰め襟のごく普通の寝間着だったのに、今日は薄手のナイトドレスになっている。

透けて見えそうなぐらい薄いシルクの生地に、淡いピンク色のレースが重ねた、まるで新婚初夜に着るようなナイトドレスだ。

ミリアは、さっさと手際よくナイトドレスを着せていくメイドに困惑の視線を向けた。

「あの……用意していただいた服が間違っているのではないかと思うのですが」

「あら、今日はご夫婦が久しぶりに一緒に過ごす夜だとお伺いしておりますよ」

おそるおそる訊ねると、にこりとそう返された。

――夫婦⁉

いったい何のことか。

反射的に否定しかけて、ぐっと言葉を呑み込む。

使用人たちがそう思いこんでいるということは、マティかジェフリーがそう説明をしているのだろう。マティの身分が知られた時に、見知らぬ女と子供を連れ込んでいたと噂がたっては外聞が悪いと考えてのことかもしれない。

——それなら私も話を合わせたほうがいいのかしら？　いえ、でもこの寝間着は変えてもらったほうが……だけど夫婦ということになっているのなら、わざわざ変えてもらうのもおかしく思われる？

ぐるぐると悩んでいる内に、胸元やうなじに香油まで塗られ、結局なにも言い出せないままマティの寝室にまで連れて来られてしまった。

「こちらが主寝室でございます。ではどうぞ、ごゆっくりお休みください」

ここまで案内をしてくれたメイドが爽やかに笑って去っていく。

ひとりになると急に恥ずかしくなって、ミリアはおろおろと寝室の前を歩き回った。昨日はエミルと一緒に別の客室に泊まったので、マティの寝室に入るのは初めてだ。

話をするだけなら場所はどこでもいいし、終わった後にマティがすぐに休めると思ってここを選んだが、いまは後悔しかない。

ナイトドレスの上にガウンを羽織っているから、脱がなければどんな格好をしているのか分からないだろうが……。

うろたえていると、寝室の扉がなかから開いてマティが顔を見せた。

「やはりミリアか。人の気配がするのに入ってこないからどうしたかと……」

「申し訳ございません」

「まあ入ってくれ」

促されて、ミリアはきゅっとガウンの胸元を合わせてから寝室に足を踏み入れた。

もし格好を見られたら『真剣な話をするのに、なんという格好をしているのか』と呆れられるかもしれない。

主寝室は広いが、その半分近くを天蓋付きベッドが占めている。彼にソファを勧められて座った後も、何となくベッドの存在が気になって胸がドキドキした。

——ガウンの下に、あんなナイトドレスを着ているからだわ。

一人で動揺していて情けない。

ミリアは深呼吸をして、必死に心をなだめた。

マティと話すべきことは山のようにあるのだ。

「昼間、君は何かを言いかけていたが……」

水を向けられて、ミリアはようやく冷静さを取り戻し、両親があった鉱山の詐欺について語り始めた。両親を亡くしたミリアに残った多額の借金、それを侯爵夫人が助けてくれたこと。

いまエスティアで出回っているという宝石と、両親が見つけた鉱山の石の特徴が一致していること。

「ルピネスについては、何か証拠があるわけではないのですが……」

自分が頭のなかで結びつけてしまっただけで、両親は本当に詐欺にあっていたのかもしれない。そう思うと自然と声が小さくなる。だがマティは「いや」と首を横に振ると、顎に手を当てて深く考え込んだ。

「実はジェフリーとも少し話をしていたんだ……ルピネスの流通経路に不審な点があると。ジェフリーはそれにリースペリアが関わっているのではないかと言っていた。帰国してから調べるつもりでいたが……」

マティが「よく話してくれた」とミリアの手を掴む。そしてミリアの指先が冷たくなっていることに気付き、アイスグリーンの瞳を細めて顔を覗き込んだ。

「明日にでも帰国して調査をしよう。もしも本当にグレスク侯爵家が関わっているのなら、私が必ずその責任を取らせる」

力強い言葉にミリアはふっと微笑み、それから力無くうなだれた。

「侯爵夫人は、私が両親を亡くした少女の頃から何かあるたびに助けてくださっていたのです。それがまさか……ずっと騙されていたのかもしれないと思うと……」

足下の地面が崩れ落ちていくような気分だった。

状況から、エラが何かしらの意図をもってミリアをマティから引き離そうとしたのは疑いようがない。ずっと信じていた者に裏切られていたかもしれないと考えると、とても恐ろしく、足が竦むようだ。もしも両親の詐欺にも関わっているのだとしたら、許せないとも思う。

だが、同時にまだ彼女を信じたい気持ちもはっきりと残っていて、心では様々な感情が複雑に絡みあっていた。

「ずっと君に聞きたかったのだが、ティーブバレー領はいまどうなっているんだ？　ティーブバレー伯爵が借金を負って没落し、グレスク侯爵家の援助を受けているという話は聞いているが、書類上領地はティーブバレー家所有のままだろう？」

ミリアは頷いた。

「夫人が一旦、我が家の借金を肩代わりしてくださったのです。夫人は私に返済を催促しない代わりに、完済するまでは領地を好きにさせてほしいと言いました。商会で扱う葡萄酒を作りたいのだと。私が借金を完済すれば、領地は返してくださるという約束で……」

細かく言えば、領地の経営から上がる収益の何割かが夫人に入り、何割かがミリアに入るという細かい契約はあるが、それらは個人間のものであって、領土の売買契約書のように国には提出をしていない。もちろん、ミリアに入ってくる収益もすべて返済に回しているので手元に貰ったことはない。

「なるほどな……君が文官時代、給金の割に厳しい節約をしていたのはその為か」

マティは長いため息を吐いてから、「気付いてやれなくてすまなかった」と頭を下げた。

「閣下が知らなかったのは当然です、私が言わなかったのですから……！」

他人の領地のことに、頼まれもしないのに口を出す人間はいないだろう。

マティには何度か暮らしの心配をされたことがあるが、ミリアはそのたびに問題無いと言っていたし、借金の返済をしていたことも、周りに心配をかけたくなくて黙っていたのだ。

いまだって、両親が本当に鉱山の詐欺に遭っていたのならやはり借金は残る。

「閣下……やはり私との結婚は、難しいのではないでしょうか」

「なぜそう思う？」

マティは驚いた様子もなく、静かな口調で問い返した。

ミリアがそう言い出すことを分かっていて、解決せねば先には進めないと理解しているようだ。ミリアも悲観的な気分から、少し冷静になってマティに向き直った。

「私は没落した家の娘で、いまも借金があります。とても公爵家に相応しい人間とはいえず、閣下が良いと仰ってくれても、周りが許さないのではないかと」

葛藤は、ミリアを三年半前へと引き戻す。

王家の傍流である公爵家の結婚は国事だ。無理を通せば必ずどこかで歪みがでるし、反感も買うだろう。マティの立場を危うくするのは、ミリアの望むところではない。

――エミルのことを守ってくださるなら、私は閣下と結婚できなくとも……。

エミルを公爵家の嫡男にするなら、ミリアとは離れて暮らすことになるかもしれないが、マティならきっと配慮をしてくれるだろうし、会いたい時に会わせてくれるはずだ。

エミルにとってもそれが良いのではないかと、今は自然と思えた。

「ミリア、私はマティ・エンフィールだ」

知らず知らず俯いていたミリアは、彼の言葉に顔を上げた。こちらを見つめる冴《さ》え冴《ざ》えとしたアイスグリーンの瞳には、強い光が宿っている。

「私は、エンフィール公爵家の当主であり、リースペリアの宰相でもある。国王陛下からも頼りにされており、王太子殿下からの信頼も厚い。私は、いまの立場に相応しい人間になるためにできる限りの努力をしてきたし、私以上に国王陛下をお支えできる人間はいないという自負もある」

言葉には有無を言わせぬ力があった。普段は穏やかな物腰の裏に隠している、彼の自信、自負、上に立つ者の誇り。ミリアは圧倒されて頷いた。

「その通りです……あなたはマティ・エンフィール」

マティは満足そうに微笑むと、膝の上に重ねたミリアの手を取った。

「この私が妻を選ぶのに、いったい誰が文句を言うんだ？」

優しい声で問われ、ミリアは息を呑んだ。それから、無意識の内に彼の誇りを傷つけていたことを知る。彼を尊敬し、崇拝しているとまで言いながら、ミリアは自分を卑下するあまり、彼を信頼しきれなかったのだ。

「私はもう十分国に尽くしている。結婚ぐらい好きにさせてもらっても許されると思うが、どうだ？」

ミリアは瞳を泳がせた。それでもまだ、素直に頷くのに躊躇いがある。

「私は、閣下の足かせにならないでしょうか……。それが怖いのです」

「君がいなければ私は歩くことすらままならないのだと、まだ伝わらないか？」

マティはミリアの顔を覗き込むと、切れ長の目を細めて言葉を続けた。

「私は、君が望むのなら……全てを捨ててこの土地で暮らしてもよいと思っている。リースペリアでは死んだことにしよう。それでも、自分の子供と、子を産んでくれた愛する人を捨てて生きるよりはいいだろう」

「何を……そんなことは許されません！」

「ならば、どうか私の求婚を受け入れてほしい。私は必ず君とエミルを守り抜く、誰にも文句は言わせない……君を愛しているんだ、ミリア」

愛を乞われて、ミリアは目を閉じた。

覚悟を決める時が来たのだ。彼はとっくに決めている。何を捨ててもミリアを選ぶと、そう言っている。ならばミリアも、それに応えたい。

――本当は……私にだって自負はある。

この世界で、マティ・エンフィールを最も深く愛し、支えられる人間はきっと自分だと。そうなりたいと思って努力してきたのだ。彼と初めて出会ったあの日から、ずっと――。

「私も……閣下を愛しています」

重ねられた彼の手に、もう片方の手のひらをのせて、ミリアはまっすぐにマティを見つめ返した。

「どうか……私を閣下の妻にしてください」

視線が絡まり、互いの情熱を確かめるように数秒の沈黙が流れる。

そしてどちらからともなく瞳を閉じ、唇が重なった。

角度を変え、何度も口づけられて、唇を啄《ついば》まれる。

息継ぎをしようと軽く唇を開いた所で舌が入り込み、口づけはより深くなった。

「……ぁ、待って」

自然とベッドに押し倒されて、ミリアは思わず声を出した。

今日は話し合いだけのつもりだったから、まだ心の準備ができていない。

怯むミリアを、マティが情熱の宿った瞳で見下ろした。

「ダメだろうか？」

遠慮がちに訊ねられて、きゅっと胸が締め付けられる。

「だ……だめと、申しますか……その……」

ミリアは顔を真っ赤にしてうろたえた。

子供も産んでいるとはいえ、ミリアの男性経験はあの一度きり。それも彼は酔っていたし、ミリアも『この一夜だけ』とかなり切羽詰まった心境だった。あらためてマティと抱き合うなんて――はっきり言って緊張する。

おろおろと動揺していたミリアは、ふとマティの視線が自分の胸元に釘付けになっていることに気付いた。

――あっ。

きつく合わせていたガウンの前が開いて、薄いナイトドレスが見えている。

ミリアは全身の血液が顔に集まるのを感じた。

「あ……これは、湯浴みを終えたら用意されていたのです！　どうも私たちは夫婦と思われているようで、変えてほしいともいうのもおかしいかと……」

「夫婦……そうか、ジェフリーの仕業だな」

顎に手を当てて、マティが軽いため息を吐く。

ミリアは羞恥のあまり、それだけでとても居たたまれない気持ちになり、目に涙をにじませた。

「やはり、おかしいでしょうか？　寝間着を変えてもらったほうが……」

「そんなはずないだろう。とても似合ってるよ……可愛い」

可愛いと言われるのに慣れてなくて、つい頬が赤くなる。いや、エミルは「お母さんはかわいいね」と言ってくれるが――こんなところで父子の血のつながりを感じるのもどうなのか。

マティはふっと柔らかく微笑むと、ミリアの耳元に顔を寄せた。

「君が嫌でないなら、今夜はそのままで」

普段より少し低く、どこか艶《つや》めいた声だった。

心臓がドキドキと早鐘を打つ。

彼の言葉に頷くことがどういう意味を持つのか、分からないほど初心ではない。

――今日を逃せば……いつ、閣下と抱き合えるかわからないのよね……。

リースペリアに帰れば、エラのこともあってきっとすぐに忙しくなるだろう。エミルもいるので、夜に二人きりになれる時間というのはそれなりに貴重だ。

愛する人が自分を求めてくれる気持ちに応えたいのはもちろん、ミリア自身もまた彼を求めていた。

「……嫌では、ありません」

喉を震わせて声を絞り出す。

その瞬間マティの喉仏が大きく上下に動き、ミリアの唇に再びキスが落ちた。

「ぁ……っ、んっ」

口づけをしながら器用にガウンを脱がされて、ナイトドレス姿になる。

マティはその裾をたくし上げるようにして、ミリアの脚を撫でた。

「綺麗だよ、ミリア」

「あ……閣下、は、恥ずかしい……」

「マティと呼んでくれといったはずだが」

「マティ……様」

戯れるような会話をしながら、マティはミリアの至る所にキスをしていく。耳朶、首筋、鎖骨。そして長い指でつまむように胸元のリボンをほどくと、あらわになった白い乳房に口づけた。

「やぁ……」

乳嘴をぱくりと口に含まれ、甘い痺れが全身に広がっていく。体から力が抜け、ミリアはぎゅっとマティの頭にしがみ付いた。

「ん……は、ぁ……」

膨らみの先端をちゅっ、ちゅっと吸われ、舌で転がされ、甘噛みされて。反対の乳首を長い指で摘ままれ、紙縒《こよ》られて。

心地よい快楽を絶え間なく注がれて、全身が昂ぶっていく。

ミリアは腰を揺らし、微かな嬌声を上げた。

「ひゃぁ、あっ……も、ぁ……」

「ああ……すごく可愛いよ、ミリア……どうして君を初めて抱いた時のことを、しっかり覚えていないのか……悔しくてたまらない」

熱を孕《はら》んだ声でマティが囁く。

そして胸への愛撫を止めると、彼はミリアのナイトドレスを脱がした。

「あ……ま、待って……」

あっという間に下着姿にされて、ミリアは顔を赤くした。ぱっと胸を両腕で隠してから、せめて下着は自分で脱ぎたいと制止の声を上げる。

まだ触れられてもいないのに秘所は蜜で濡れていて、それを彼に見られるのが恥ずかしかった。

「自分で脱ぎますので……っ」

「なぜだ？　私は君を脱がせたい。男というのはそういうものだ」

真剣な表情で言われ、ミリアは思わずたじろいだ。その隙に、マティがミリアの下着を下ろしていく。濡れた蜜口があらわになって、ミリアはますます赤面した。

「や……っ」

慌てて膝を閉じる。

初めての時は立ったままだったから、彼にこんな恥ずかしい場所を見られることはなかった。

「隠さなくて良いのに」

「ですが……非常に恥ずかしく……」

「私しか見ていないのに？　初めて君を抱いた時にも、私は同じことをしただろう」

「初めての時は、その、立ったままでしたので……」

彼は行為を夢に見ると言ったが、それは当時を正確に再現したものではないようだ。ミリアが答えると、彼は顔を青くして頭を抱えた。

「何を考えていたんだ……私は……君は、初めてだったんだろう?」

「いえ、私がお願いしたのです……立ったままでと……!」

深くうなだれる彼に慌てて、そう付け加える。

ベッドが汚れてはいけないとか、服を汚さないようにとか、あの時はミリアも色々と必死だったのだ。

「だからと言って、本当に実行する自分が信じられないのだ、私は……」

マティが深いため息を吐く。

彼がそんなに落ち込むとは思わず、ミリアもまたうろたえた。

――そうよね……私、自分のことしか考えていなかった。

マティがミリアの初めてをそんなふうに奪い、後からどんな気持ちになるかなんて、想像もしなかったのだ。ミリアを大事にしたいと思う彼の心を踏みにじってしまった。

「申し訳ありませんでした……」

上半身を起こし、彼の袖をつまんで謝る。マティは顔を上げると、落ち込むミリアを見てふっと表情を和らげた。

「君は悪くない。どうか謝らないでくれ」

ミリアの顎を指でくいっと持ち上げてキスをする。

そして少しずつ口づけを深くして、再びミリアをベッドの上に押し倒した。

「だが今日は、あの夜の分までどうか……君に奉仕させてほしい」

キスだけで高まる自分の身体を恥じらいつつ、ぼうっとする頭でミリアは頷いた。

すると彼は見蕩れるような笑顔で微笑んでから、体を下にずらした。何をされるのかと見守っていると、マティがぐっとミリアの脚を割り開き、股の間に顔を寄せる。

「マティ様⁉」

ミリアは驚いて体を起こそうとしたが、それより早く、マティが濡れた割れ目の先にある花芯に吸い付いた。敏感なその場所を口に含まれ、ちゅうっと強く吸われ、ミリアは大きく腰を浮かした。

「はぁ、ぁああ……」

目の前がチカチカする。

感じたことのない強い刺激に全身がカッと熱くなった。

「ぁ、だめ……そ、んなとこ……あ、マティ様……ぁっ」

なけなしの理性をかき集めて制止するけれど、あまりの気持ちよさにどうしても甘えた声になってしまう。それを聞いて、ミリアが本気で嫌がっているわけではないと察したのだろう。マティは愛撫を続けた。花芯を舌で転がし、柔らかく押しつぶすようにしながら、とっぷりと蜜を吐き出す肉唇のなかに指を埋めていく。

「あっ……ぁ」

狭いその場所の、奥へ奥へと長い指が侵入してくる。

「熱いな……それから、すごくキツい」

あられもない場所でそんなことを呟いてから、彼はさらに丁寧にその場所を虐《いじ》め始めた。指をゆっくりと、何度も出し入れする。ミリアが一際感じる場所を見つけると、指を折り曲げてそこを押した。同時に敏感な突起も弄られて、ミリアはびくびくと陸に揚げられた魚のように体を跳ねさせた。

——きもちいい……。

マティにこんなことをさせるなんて——という罪悪感は、すぐに心のなかから消えてしまった。あまりに気持ち良くて、頭がじんじんと痺れ、あっという間に彼が与えてくれる快感を拾うことしか考えられなくなっていく。

緊張に強張っていた体から力が抜けた頃、マティは挿入する指をさらに一本増やした。蜜襞をほぐすように慎重に奥まで指を挿入していく。

男性の指二本というのはミリアのなかには少しキツく、引きつるような痛みを感じたが、その度にマティが陰核を優しく刺激してくれるので、辛さはなかった。

「んっ……はぁ、あ……」

どうしようもなく快感が高まっていく。お腹が熱くなって、指を飲み込む蜜襞がひくひくと震える。ミリアは彼の頭に必死にしがみつき、喘いだ。ぎゅっと閉じた瞼の隙間から涙が零れて落ちる。気持ちが良い。頭がどうにかなってしまいそうだ。

ミリアの限界を感じ取ったマティが、愛撫をさらに激しくする。ぐちゅぐちゅと指を抽挿する濡れた音。ちゅっちゅっと硬く芯をもった敏感な場所を吸う音。その瞬間、ミリアの体のなかで快楽の塊が弾けた。

「ゃぁあ……あっ、ああ……っ」

マティの体を挟むように脚をぎゅううっと閉じて、快感が全身を駆け抜けていくのを必死にやり過ごす。

小刻みに痙攣するミリアが少し落ち着くのを待ってから、マティは体を起こし、手の甲で軽く口を拭った。

「……よかっただろうか？」

どこか心配そうな顔で問われ、ミリアはぼんやりと頷いた。

頭が真っ白で、快楽の余韻も大きく、物を考えることができない。

「はい……す、ごく……」

だから素直に頷くと、マティはほっとしたように微笑み、それから自身もまた寝間着を脱ぎ始めた。

細身でありながら、しっかりと鍛えられた体が、薄明かりの寝室に浮かびあがる。

ミリアは思わずごくりと喉を鳴らした。彼の裸体を見るのも初めてだ。

――本当に……彫像のように美しいひと……。

顔の造作だけでなく、身体まで完璧に美しいだなんて。

付くべき所に付いた筋肉は彼の体をよりしなやかに、力強く見せており、それでいて無骨さを感じさせない。

ミリアはうっとりと彼の肢体に見蕩れてから、雄々しく勃ちあがる肉槍に視線を向けた。

――あ……あんなに大きかったの？

こうして見ると、処女だった自分があれを受けいれられたことが信じられない。

思わず目を見開き、はしたないと気付いて視線をそらす。

マティはそんなミリアにくすっと笑みをこぼして、ゆっくりとこちらに覆《おお》い被《かぶ》さった。

「ミリア……」

愛撫に溶けた蜜口に昂ぶりを押しつけられる。

「愛している……私が愛を乞うのは君だけだ」

「マティ様……ぁっ」

ミリアの両脚を掴み、マティはぐっと腰を押し進めた。

「ひっ、ぁっ、ぁあ、っ」

「っ……狭いな……」

堪えるような声で彼が呟く。

ミリアは顎をのけぞらせ「はっ、はっ」と荒い息を漏らした。

まだ先端しか飲み込んでいないのに、すでに苦しい。彼は気遣うように「大丈夫か？」と声をかけると、指でくりくりと陰核を弄り始めた。

「ぁっ、ああっ……」

「あまり辛かったら言ってくれ……止められるよう、努力する」

肉杭を必死に飲み込む苦しさを、花芯への刺激で散らしながら、マティがさらに奥へと入ってくる。慎重な動きだったが、だからこそ彼の熱や、硬さ、形がしっかりと分かった。胸に彼への愛しさがこみ上げてくる。

「ぁ……大丈夫です……止めないで、マティ……さ、ま。私、あなたと一つに……」

ぎゅっと彼の背中にしがみ付いていうと、マティが「はぁ」と熱い吐息を漏らした。

「あまり可愛いことを言わないでくれ……耐えられなくなる」

そう言うと、彼は一際強く腰を押し進めた。すると互いの付け根の部分がぴたりとくっついて、ミリアは自分が彼を最後まで呑み込んだことを知った。

「あっ……」

「これで全部だ、ミリア……ああ、幸せだ……君を抱いている」

「マティさ、ま……私も、私も幸せ……」

蜜襞が彼の形に伸びて、締め付ける。少し苦しいが、それ以上の充足感が全身を満たしている。彼の昂ぶりを余す所なく味わい、ミリアは恍惚《こうこつ》と言葉を返した。

その時、彼の目が僅かに潤んだ。ミリアの背中に腕を回して抱きしめ、深く口づける。

「ぁっ……ふ、ぁ……」

同時に抽挿が開始され、喘ぎ声がもれた。

杭の先端にある張り出した部分が、蜜襞を抉るようにして奥を貫いてくる。

「ぁっ、ああっ……ゃ、ぁあ……」

全身を激しく揺すられて、ミリアは彼の体にしがみ付いた。

汗ばんだ肌を合わせて、熱を分け合う。

隙間なんてないぐらい、体をぴったりと重ねて、快感を分け合う。

——ああ……これが、抱き合うということだったの……。

ぼやけた思考で、そんなことを考える。

一夜に夢を求めて彼に抱かれ、愛する子供を授かっても、ミリアは愛し合うということを何も知らないままだった。

深く繋がった場所から蜜がしとどに溢れて落ちる。

角度を変え、良い所を擦りあげていく雄杭に、否応《いやおう》なく快感が高められていく。

目の前がちかちかとして、腰が甘く痺れる。

ミリアは快楽を与えてくれる剛直をほとんど無意識に締め上げた。

「……っ、ミリア」

耳元で苦しげな声を漏らし、彼は一度律動を止めた。

体を起こし、ミリアの乳房を両手で揉んでから、腰を掴んで再び抽送する。肉がぶつかる音がするぐらい激しく奥を叩かれて、ミリアは涙を流し、シーツを掴んで顎をのけぞらせた。

ミリアは頭を振り、身体を弓なりにした。

「はぁ……ぁ、あっ……やぁ……っ」

目の前が真っ白になって、ミリアは絶頂を極めた。全身を駆け抜ける甘い官能の痺れ。膣のなかが蠕動して熱い肉杭を締め上げる。

すると彼はさらに数度、強く奥を貫いてから欲望をミリアのなかから引き抜いた。

「っ、あ……」

隙間なく身体を満たしていたものを失って、ミリアは悩ましい声を漏らした。

白濁した精が、ミリアの白い腹の上に吐き出される。

彼と最後まで抱き合い、心も体も幸福感に満たされていたが、少しだけ切なさも残った。

彼はどうして子種をくれなかったのだろう。快楽に痺れる頭で考えてから、ミリアはしゅんとうなだれた。

――そうよね……まだ、私たちは結婚していないものね……。

寂しい気もするが、自分たちの現状を思えばマティが慎重になるのは当たり前だし、ミリアとしても二人目を授かる覚悟までできていたかというとまだ是《ぜ》とはいえない。もちろん授かれば嬉しいし、マティもそのつもりでミリアを抱いたのだろうが。

マティは荒い息と共に欲望を全て吐き出すと、ミリアの顔の横に肘をついてキスをした。

舌を絡め、事後の余韻を味わう。そうしている内に微量の切なさも多幸感に溶けていく。

行為後のけだるさを二人でしばらく分け合ってから、マティはあらかじめ用意されていた布でぐったりするミリアの体を清めてくれた。

その後は、裸のままでただ抱き合った。互いの脚を絡め、ゆったりと互いの熱を分かち合う。

「……身体は大丈夫か？　少し無理をしたかもしれない」

「大丈夫です」

彼の肌の気持ちよさにうっとりしながら、ミリアは頬を染めて頷いた。

行為の最中、自分がどんなに乱れてしまったかを思い出し恥ずかしくなった。初めての時だって気持ち良かったけれど、今日とは比べものにならない。

――あの日、こんな風に愛されていたら、私……頭がおかしくなってしまっていたかも。

彼にもう一度抱かれたいという欲望で、気が狂ってしまっていたかもしれない。

自分がとても淫らな人間になってしまった気がして――ただ、自分をそう作り替えたのもマティだと思うと、決して嫌な気分ではなかった。

――マティ様の腕に抱かれる、この瞬間のためなら……私、どんなことでも頑張れる気がする。

「ミリア……私を受け入れてくれてありがとう、君を愛してる」

ミリアの頭にちゅっとキスを落として、嬉しそうに愛を囁く。顔を上げるとアイスグリーンの双眸が幸せそうにミリアを見下ろしていた。

「リースペリアに帰ったら、まずは籍を入れよう」

「……はい」

「そうしたら……二人目を作ってもいいだろうか?」

抱きしめられながら問われ、目を見開く。

それから、彼もまた同じ切なさを行為に感じていたことに気づき、ミリアは微笑んだ。

「ええ……もちろんです」

頷くと、マティが嬉しそうに笑み崩れた。

二人はそのままキスを繰り返し、脚を絡めては戯れ、やがて幸福な夢のなかへ落ちていったのだった。

第四章

翌日は昼を待たず馬車に乗り込み、リースペリアへの帰路についた。

「分かるだろうか、エミル。つまり私が君の父親だ」

道中、マティはエミルに自分が父親であることを説明した。

「マティさまが、ぼくのお父さま？」

「そうだ。君たちを捜し出すのが遅くなってしまい、本当にすまなかった。これからは何があっても私が君たちを守ると誓う」

エミルはきょとんとした顔で、けれど真剣に話を聞いている。

「じゃあ、これからはずっといっしょ？」

「ああ、ずっと一緒だ」

「お母さん、よかったね！　これからはずっといっしょだって！」

エミルが『父』を受け入れられるのか、ハラハラしながら話の成り行きを見守っていたミリアは、急に笑みを向けられて目を丸くした。

「え？」

「お母さん、お父さまがだいすきだもん！　うれしいね！」

言われた内容を理解するのに数秒。ミリアはハッと顔を赤くした。

――エミルには、毎晩マティ様のことを話して聞かせていたんだった！

エミルの父がどれほど素晴らしい人物かはもちろん、ミリアがいまも彼を『大好き』ということも。

知られて困ることではないのだけれど、子供の口から知られるのは恥ずかしい。

「エミル、それは……！」

「だってそうでしょ？　お母さん、お父さまのことをまいにち『だいすき』っていってたもん！」

――ああ……！

叫び出しそうなのを堪え、ミリアはさっと視線を床へ向けた。鍛えた表情筋も顔色までは隠せない。

きっと今は、耳まで赤くなっているはずだ。

「……そうか」

マティが柔らかい声で頷いた。

「私も、お母さんのことが大好きなんだ。だから、一緒に暮らせることになってとても嬉しいよ」

噛みしめるようにマティが言う。

ミリアはゆっくりと顔を上げた。愛おしそうにエミルを映していたアイスグリーンの瞳が、少し揺らめいて、次にミリアを映す。

絡みあった視線のなかで、互いの後悔が行き交ったのが分かった。

「……はい、マティ様。私も嬉しいです」

ミリアは微笑んだ。

隣に座るエミルの肩を軽く引き寄せて、頭を下げる。

「これから、どうぞよろしくお願いいたします」

明るい日差しが馬車の窓から差し込み、自分たちの横顔を照らす。

マティは眩しげに目を細め、母と子の姿を見つめた。

「ああ……よろしく」


リースペリアに戻ると、馬車は王都にあるエンフィール公爵邸の門前に停まった。

王宮からほど近い場所に建つ白壁の大きな屋敷は、両端に高い円錐型の塔を備えた立派な建物だ。

外観には様々な装飾が施され、その華やかさと豪華さは宮殿と見紛うほどである。

「マティ様だ！　マティ様がお戻りになった！」

馬車を降りると、すでに待ち構えていた使用人たちが一斉にざわめいた。

うち何人かは、大慌てという様子で屋敷の方へ駆けて行く。

「……マティ様、確かエスティアを出る前に、早馬を出して帰ることを伝えていらっしゃいましたよね？」

「ああ」

「それにしては……とても驚かれているように見えるのですが」

彼らの動揺の仕方は、ミリアにも覚えがある。

文官時代、マティに確認しなければならない仕事が山積みで、彼の居場所を必死で捜していた時の自分と同じだ。

――あ……思い出したら胃が……。

軽くお腹を押さえつつ、ミリアは辺りを見渡した。

とにもかくにも、彼らの驚きようはまるで失踪していた人物が突如帰ってきたかのようだ。

情報がうまく伝わっていなかったのだろうか――と心配するミリアに、マティは「まずは屋敷に入ろう」と歩き始めた。

「リースペリアの状況を知りたい。早急にユーベルを呼んでくれ」

近くの使用人に声をかけ、答えも待たずに足早に進んでいく。

その表情は、ミリアがよく知る『エンフィール宰相閣下』のものだ。彼がエスティアまでミリアに会いに来た時のような、暗い面影はどこにも見当たらない。

ミリアはエミルの手を引いて、彼の後について歩き始めた。

公爵邸の玄関ホールに入ると、すでにユーベルが待ち構えていた。

「何だ、ユーベル。もう来ていたのか」

目を瞠るマティに、ユーベルはすさまじい形相で「『何だ、ユーベル』ではありません！」と返した。

「マティ様がお戻りになると聞いて、飛んできたのです！　一体これまで、どこで何をされていたのです！」

「しばらく休暇を取ると言っただろう？」

「休暇を取るのは良いのです！　ですが誰にもどこに行くか言わず、皆がどれほど心配したか！　ご自分の立場を分かってらっしゃるのですか！」

怒るユーベルの目は、大きな丸眼鏡の奥で涙ぐんでいる。

――マティ様、私に会い行くと周囲に言っていなかったのね。

その上かなり急に休暇を取り、そのまま姿をくらましたと思われる。

行方不明の主人が戻ってきたのだから、使用人たちの慌てようも納得だ。

「心配をかけてすまなかった。大切な人を捜しにいっていたんだ」

「は？　それって……」

ユーベルが我に返った様子で視線を動かす。そしてすぐそばに立つミリアに気づき、あんぐりと口を開いた。

「ミリアさん⁉」

「ご無沙汰しております、ユーベル様」

頭を下げると、彼はよろっと後ずさった。鼻の頭を赤くし、腕で顔を覆う。

「お帰りなさい、ミリアさん……よく戻ってきてくださいました……！　あなたがいなくってから、閣下がどれほど苦しまれたか……良かった、本当に……」

ユーベルが声を震わせる。彼が泣く姿をみるのはもちろん初めてで、ミリアは返す言葉を失った。

――私がいなくなったあと……閣下はどのように過ごされていたのかしら？

マティから話を聞いて想像はしていたが、現実はもっと酷いものだったのかもしれない。

ミリアはそっと彼の横顔を見上げた。マティはそれに気付くと、軽く視線を寄越し、口元に困ったような微笑みを浮かべた。

「お母さん……」

その時、ミリアのドレスの裾に隠れるようにしていたエミルが、不安そうにちょこんと顔を出した。人見知りしない子だが、さすがに周りの空気に呑まれているのだろう。

「大丈夫よ……エミル」

ふわふわの髪を撫でながらそう声をかけた瞬間、ユーベルが「あっ」と驚愕の声を漏らした。

「マティ様……そちらの、お子というのは……」

「マティ……！　本当に帰ってきたのね！」

青ざめた顔のユーベルが言い切るより早く、奥の階段を一人の女性が駆け下りて来た。

年は四十代に見える。マティと同じ髪色、目の色、そしてよく似た顔立ちをした美しい女性だ。

「……私の母だ。名をクロエナという」

マティがミリアに耳打ちする。

クロエナはマティの前に立つと、その顔をキッと睨みつけた。

「あなた、どこへ行っていたの！　皆がどれほど心配したか分かっているのですか！」

ユーベルと全く同じ台詞を口にし、それからすぐにミリアに気付いた。

「……マティ、こちらの女性は？」

「彼女はミリア・ティーブバレー。私の最愛の人です」

「ああ……！」

クロエナはそれだけで全て悟ったように目を見開き、ミリアへ視線を向けた。緊張感から、自然とミリアの背筋も伸びる。

クロエナは優しげな女性だが、だからといってミリアを受け入れてくれるかは別の話だ。マティからのプロポーズを受けたものの、自分が公爵家の妻に相応しくないことに変わりはないのだ。

――だけど……マティ様の隣にいるために、頑張ろうと決めたのだから。

つい気持ちが怯んでしまうのを叱咤《しった》して、ミリアは胸を張った。

「初めまして、ミリア・ティーブバレーと申します」

挨拶をすると、クロエナはさっとミリアの手を取って握り絞めた。

「息子から話を聞いて、ずっと会いたいと思っていたのです……というか、もう……あなたが見つからなかったら息子はどうなってしまうのかと恐ろしくて……ああ……ありがとう、息子と再会してくれて本当にありがとう……ミリアさん」

涙ぐみ、言葉を詰まらせながらクロエナが言う。

ミリアはいよいよ不安になってマティを見つめた。

——この三年半……そんなに大変なことになっていたの？　マティ様。

マティが視線に気付き、指で頬をかく。

そこで、クロエナが「まあ」と悲鳴のような声を上げた。

「……マティがもう一人！　それも子供の頃の！」

彼女の視線はエミルに向けられている。

マティはエミルに手を伸ばして抱き上げると、柔らかく微笑んだ。

「私の息子、エミルです。私が至らぬ間、ミリアが大切に育ててくれていました」

その瞬間、クロエナとユーベルが全く同じ驚きの表情を浮かべた。目を丸くして青ざめた後、今度は顔を喜色に赤らめ、涙ぐむ。

先に口を開いたのはクロエナだった。

「ミリアさん……息子が本当に申し訳ないことを……あなたにどう詫《わ》びればよいのか。……この子はエミルというのね。私は、あなたたちに会えた幸運に感謝します」

彼女の様子からして、マティから『自分の子供がいるかもしれない』と聞いていたのだろう。

突然現れた孫の存在を疑うことなく受け入れ、頭を下げる。

「クロエナ様……どうか頭をお上げください！　閣下は何も悪くないのです」

うろたえるミリアの肩を、マティが引き寄せた。

「まずはミリアと一刻も早く籍を入れ、彼女と息子の立場を確固たるものにしたいと思っています」

「ええ、そうね！　すぐに手続きをしましょう！　挙式の準備もしなくては……」

「いえ……籍を入れるのはまだ内々で。ミリアが見つかり、私と一緒になることはまだ外に漏らさないでいただきたいのです」

マティの言葉に、クロエナは目を丸くした後、すぐに神妙な顔で頷いた。

「分かりました。あなたがそういうのなら従いましょう」

多くを説明せずとも、何か事情があると悟ったのだろう。さすがはマティの母親だと思った。彼女はとても聡い人だ。

「ユーベル」

マティが、視線を腹心の部下へ向ける。

「早速で悪いが仕事だ、一緒に来てくれ」

ユーベルもすでに落ち着きを取り戻しており、マティの言葉に真剣な表情で「はい」と頷いた。

周囲にぴんと緊張の糸が張り詰める。マティは短い息を吐くと、アイスグリーンの瞳に力を込めた。

「決着をつけよう」

エミルのことはクロエナに頼み、三人はマティの書斎へと場所を移した。

クロエナはエミルにとって実の祖母とはいえ、まだ会ったばかり。それも慣れない屋敷でミリアが離れても大丈夫かと心配したが、エスティアの家から送ってもらった大量の玩具のおかげで、別れるときも機嫌は良さそうだった。

「なるほど、グレスク侯爵夫人が……」

「ああ。ルピネスのことはジェフリーからも相談をうけていたが……それで全て納得がゆく」

書斎のソファに座るなり、マティは侯爵夫人のことをユーベルに説明した。

「では、いますぐにでも夫人を捕らえて……」

「いや、待て。夫人は商会の仕事で国内外を飛び回っていて、正確な居所を掴むのが難しい。こちらの動きを途中で悟られれば逃げられる可能性がある。証拠を隠滅されても面倒だ」

「ならば、どうすれば……」

「夫人の方から、こちらに出向いてもらう必要があるな。だがまずは調査だ。エスティアでの商会の動きに関しては、ジェフリーに頼んである。こちらもルピネスの鉱山がある場所を押さえたい」

「わかりました……すぐに動きます」

「くれぐれも夫人に悟られぬように。ミリアのことも知られてはならない」

ユーベルは即座に頷き、ソファから立ち上がった。それからミリアとマティを見比べ、目を細める。

「しかし……ミリアさんが戻ってくださって本当に良かったです。閣下のそんな穏やかな顔を見るのはいつぶりか……ありがとう、ミリアさん」

ユーベルはミリアに向けて軽く頭を下げ、部屋を出て行った。

二人きりになった室内に静けさがおとずれる。

——穏やかな顔……。

ミリアはそっと、隣に座るマティを見つめた。彼は真剣な表情でいまも深く何かを考えている。ミリアがいなくなってからマティは、この顔すら穏やかに思えるほど張り詰めていたのだろうか。

そんなことを心配していると、今度は彼の顔に残る疲れが気になった。

「マティ様……お疲れでしょう、少し休んでください」

再会して以降、まだまともに休んでいるところを見ていない。

顔色を確かめようと下から覗き込んだところで、キスが降ってきた。

「んっ……」

舌を絡め、深い口づけをしっかりと楽しんでから、マティが微笑む。

「うん、大丈夫だ。いま疲れが吹き飛んだ」

「マティ様……！」

顔を赤くすると、マティが声を出して笑う。それから嬉しそうに目を細め、ミリアの細い腰を引き寄せた。

「嘘じゃない……いま私がどれほど幸福を感じているか、君にもっと伝えられるといいのだが」

自分の膝の上にミリアを座らせて、マティは深いキスをした。

愛する人からの口づけに全身の熱が高まっていく。ミリアは彼の背中に腕を回して応えた。

心地よさと、幸福感――それから、胸には切なさが溢れた。

「……っ、マティ様。その、本当に申し訳ありませんでした」

「何がだ？」

喋ろうとするミリアの口を自由にする代わりに、頬や鼻先、耳や首筋にキスをしながら、マティが首を傾げる。

「ん……ぁ、この三年半のことです。閣下がどれほど苦しまれていたかを聞いて、私……」

「謝るなと言っただろう……過ちは私にある」

マティは目を細めるとドレスの裾の間から手を這《は》わせ、指先でミリアの脚を撫でた。

「だが私を哀れに思うなら、もっと君を味わわせてくれ……そうすれば疲れも吹き飛ぶ」

キス以上のものを求められていると悟って、ミリアは頬を染めた。

「っ、ぁ……ですが、まだ昼で……エミルもクロエナ様に預けたままで……」

「少しだけだ」

ミリアが強い抵抗を示さずにいると、彼はもう片方の手でドレスの背中のリボンを外し、胸元をずらしてミリアの胸をあらわにした。

「……や、ぁっ」

膨らみの先端を啄まれて、ミリアの白い喉がのけぞる。

彼は軽い音をたててその場所を吸うと、反対の乳房を手で揉みしだいた。ミリアの腰に甘い痺れが走る。

「ん……っ、ふ、ぁ……」

「侯爵夫人には……必ずティーブバレー領を君に返させる」

今度は首筋に唇を寄せ、マティが言葉を漏らす。

「ま……てぃ、様？」

「そうすれば、君も憂いなく私の所に嫁いできてくれるだろう」

澄んだ瞳に見上げられ、胸が詰まる。彼は知っているのだ。ミリアが今も、公爵家に嫁ぐことに引け目を感じていると。

――確かに……ティーブバレー領を取り戻せば、いまより立場は彼に釣り合うわ。

だが、それで全ての引け目がなくなるわけではない。自分より彼の隣に相応しい女性がいると思う限り、それはミリアの心からなくならないだろう。

だからこれは、ミリア自身の心の問題なのだ。

――私も、もっと強くならなくては……。

彼と、エミルと共に幸福を手に入れるために。

「それに……君を謀って私から引き離したことも、きちんと罪を償ってもらわなくては」

「できるでしょうか……それに関しては、何の証拠もありません」

「やる……必ず。私にも落ち度があったとはいえ、彼女のしたことは到底許せない」

きっぱりと言い切ってから、彼は目を細めてミリアを見つめた。

「……私も、もう二度と君を手放さない……何があってもだ」

脚を撫でていた不埒《ふらち》な指先が、さらに奥へと侵入し、ミリアの肌着を横にずらして秘裂に触れる。

「ぁ……そこは……っ」

「もう濡れている」

「や……言わないで」

耳まで真っ赤に染めて、ミリアは首を横に振った。

マティの口端に意地悪そうな笑みが浮かぶ。

「とても可愛いよ……ミリア」

囁くと同時、マティはぐっと指を蜜壺のなかに挿入した。

「はぁ……ぁ、あ……」

ほんの数日前。とろとろに溶かされたその場所は、まだ彼の形を覚えているようで、指もなんなく奥まで呑み込んだ。媚肉を擦られる感覚に下腹がきゅんと疼く。

「マ、ティ……さま……ぁ」

彼の長い指が媚肉のなかで蠢《うごめ》き、その度に痺れるような快感が全身を駆け抜けていく。彼に擦られる所がとても気持ち良くて、けれどももどかしい。もっと別のもので満たされる心地よさを、ミリアはもう知っているのだ。

彼の首筋にぎゅっと抱きついて、ミリアは物欲しげに腰を揺らめかせた。

マティが熱を帯びたため息を落とす。

「君のなかに入りたいが……さすがに時間がないな」

何しろ帰国したばかりで、彼には仕事が山積みだ。エミルのことも、まだ慣れない屋敷でいつまでも一人にしておくわけにはいかない。

「せめて、君がのぼりつめる顔が見たい」

耳元で囁いて指を増やし、ミリアの良い場所を刺激するようにぐちょぐちょと動かす。

「やっ、ぁ……」

薄いレースのカーテンがかかる書斎の窓から、明るい日差しが入り込んでいる。

こんな時間から淫靡な行為にふけっているのだと思うと恥ずかしく、体のなかの熱がどうしようもなく高まっていくのを感じた。マティがミリアの胸の先端に吸い付き、こりこりと舌で弄ぶ。敏感な秘所と乳嘴を同時に愛撫され、ミリアは涙目になって首を横に振った。

「あっ、だめ……」

彼を咥《くわ》え込む媚肉がびくびくと痙攣する。快楽の頂がどういうものかは彼に教えてもらった。いまそれが近いのが自分でも分かる。頭がぼうっとなって、何も考えられなくなる。

そこで、彼がミリアの敏感な蜜芽を手のひらでぐっと押しつぶした。

「やぁあ……ぁっ、ぁあ……！」

ぴりぴりとした鋭い快感が背筋を駆け抜けていく。

ミリアは甘い嬌声を上げ、体を弓なりにのけぞらせた。その首筋にマティが口づける。

「可愛いよ、ミリア」

くすっと笑いながら言われて、顔が真っ赤に染まる。

――私ひとりで気持ち良くなって……恥ずかしい……。

だけど同時に心はとても満たされていて、ミリアはぎゅっと彼に抱きついた。マティもまたミリアの体を愛おしそうに抱きしめてから、少し顔をずらしてキスをする。舌を絡め、互いの唾液を交換しながら愛情を伝え合う。やがて絶頂の余韻が抜け、腰に甘い怠《だる》さだけが残ると、ミリアは彼の肩にしなだれかかった。

――幸せ……。

こうして抱き合う度に、彼への愛しさが際限なく高まっていく。

手放したくないと思う。一度は諦めた温もりを、今度こそ。

ミリアは目をぎゅっと閉じた。薄い瞼の向こうに窓から差し込む光を感じ、また開く。そして首を傾けて彼の顔を見つめた。

決意を込めて、言葉を紡ぐ。

「マティ様……その、お願いがあるのですが……」


月の冴《さ》えた夜。

豪華な装飾を施した馬車が、次から次へと王宮の正門前にやってきて、華やかに着飾った貴族の男女を吐き出していく。

ミリアとマティは少し離れた場所に馬車を停め、その様子を窓から見つめていた。

「グレスク侯爵夫人は、本当に今夜の舞踏会に来るのでしょうか……」

「来るだろう。今日は私の結婚相手を披露すると、陛下から大々的に告示していただいている。エンフィール公爵家との今後の関係を考えても、欠席はあり得ない。君がリースペリアに帰ってきたことも、夫人にはまだ知られていない」

ミリアがリースペリアに戻ってきてから、約ひと月。

マティは凄《すさ》まじい手際で、夫人がティーブバレー領をミリアから奪い取った証拠を集めていった。

まず鉱山の場所を特定し、両親が生前から発掘を進めていたと分かる書類を入手した。

それからティーブバレー家の顧問弁護士だった男を捕え、侯爵夫人に鉱山の話しを持ちかけたことを証言させた。弁護士の男は鉱山の契約に立ち会っており、その価値を知っていた。そしてミリアが何も知らないことに気付くと、夫人と共にティーブバレー領ごと鉱山をかすめ取る計画を立てたのだ。

ここまで調べるのに僅か十日ほど。

そして今日、世界中を飛び回って仕事をするグレスク侯爵夫人を捕らえる為に、『公爵家の婚約披露』を名目に宮廷舞踏会が開かれることとなった。

もちろん王家の全面的な協力の下である。

国王夫妻や王太子には事前に結婚の承諾を得ている。

傍流とはいえ王家の血統にミリアが入ることに難色を示されることを覚悟していたが、彼らは意外にもすんなりと納得してくれた。ミリアを受け入れてくれたというよりは、それだけマティが王家から頼りにされているということなのだろう。国王は『それでマティが穏やかに仕事をしてくれるならよい』と少し困ったように言った。

その後すぐに籍を入れたので婚約もなにもないのだが、すべてはエラをおびき寄せるためのお題目だ。

「エスティアの工場の方々には、ジェフリー様がお話しをしてくださっているのですよね」

元の職場にはジェフリーから事情を説明してもらい、侯爵夫人から何か訊ねられたら『ミリアはまだ工場で働いている』と伝えてもらうようにしてある。

夫人とは普段からさほどやり取りをしていなかったので、それで問題はないはずだ。

今日ここでグレスク侯爵夫人を捕らえる――自然と全身が緊張に張り詰め、ミリアは短い息を吐いた。

それから、窓ガラスに浮かびある自分の姿を見つめる。

『公爵家の婚約披露』は宮廷舞踏会を開くための口実だが、マティは実際に今夜、ミリアを妻として発表するつもりであるらしい。その為『公爵家の妻に相応しい装いを』とミリアも全身を着飾っている。

「マティ様……やはり私、おかしくはないでしょうか？」

「おかしくない、すごく綺麗だよ……ミリア」

マティが、ドレスの胸元を軽く指で撫でる。それはかつて宮廷舞踏会のために、マティから贈られたものだ。

――あのドレスを、まさか三年半も経って着ることになるだなんて……。

菫色の瞳を細めて装いを見下ろす。

薄紅色の滑らかなシルク生地には煌めく銀糸が織り込まれており、夜闇のなかでも輝いて見える。

マティはずっと大切にドレスを保管していたのだという。いつかミリアにもう一度会い、愛を告げてこのドレスを贈るために。

――最初にドレスを用意してくださったのも、ジェフリー様に言われたからではなかったのよね。

『以前は、ドレスを受け取ってもらえず君に振られたと思い込み、咄嗟にそんな嘘を吐いてしまった』と、マティは申し訳なさそうに言い訳した。

——あらためて、このドレスを再び着る機会に恵まれたことに感謝しなくては……。

胸に手を当て、目を閉じる。するとマティがその唇にキスをした。

角度を変えて、一度、二度。

そこで、馬車の扉を外から叩く音がした。

「閣下、グレスク侯爵夫人が到着され、会場に入られました」

ユーベルの声が告げる。

名残を惜しむように唇を離したマティが、アイスグリーンの瞳を細める。

「ミリア……どうか無理はしないと約束してくれ」

「分かっています」

心配そうなマティに、ミリアはしっかりと頷いた。

それを見て、彼がそばに置いていた小箱を手に取る。なかに入っているのは、エスティアで彼が贈ってくれたルピネスのネックレス。馬車に差し込む月明かりを吸い込み、紫色の石が鈍く光っている。

マティは両手の指先でつまむようにネックレスを取り出すと、優しい手つきでミリアの首にかけた。

「では、行こうか」

ミリアは指先で撫でるように宝石に触れた。

「はい」

それからまっすぐにマティを見つめ、笑みを浮かべたのだった。

宮廷舞踏会の行われる大ホールには、すでに多くの人が集まっていた。

楽団の奏でる音楽が、人いきれの間を軽やかに流れている。

着飾った人々の談笑、足音。グラスのぶつかる音、誰かが椅子やテーブルを動かす物音。

賑やかな会場に、マティのエスコートを受けたミリアが一歩足を踏み入れると、まず扉の近くにいた人々の話し声が止《や》んだ。マティのそばにいるミリアが『婚約者』だと気付いたようで、関心が広がる。やがて一人が「あれは文官令嬢では？」と言うと、今度はそれが動揺に変わった。

「文官令嬢？」

「ほら、あの宰相補佐だった」

「没落したティーブバレーのか」

ひそひそとした話し声がさざなみのように広がり、次に誰もが息を呑んで沈黙した。

物音が止み、異変に気付いた楽団が音楽を止めると、ホールは完全な静けさに包まれた。

ちょうどその時、国王夫妻が会場に到着した。

マティは振り返って臣下の礼をすると、柔らかな笑みを浮かべて頭を下げた。

「陛下、本日は私のためにこのような場を設けて頂き、まことにありがとうございます。こちらが私の婚約者……いえ、妻のミリアです」

しんと静まりかえった会場に、穏やかなマティの声が響き渡る。

瞬間、人々のなかから「ヒッ」と短い女性の悲鳴が上がった。

ミリアはゆっくりと声のしたほうへ視線を向けた。青ざめた顔でこちらを見るのはエラだ。

国王夫妻が祝いの言葉を述べる。

ミリアは彼と共に礼を返すと、マティの腕を離し、一人でまっすぐにエラへ向かって歩き始めた。

人々がミリアを避けるように道を空ける。

「嘘……本当にあの『文官令嬢』だわ、どうして……文官は辞めたんじゃなかったの？」

「マティ様ったら、なぜ……」

「でも、あんなに綺麗な人だったかしら……」

途中で、女性たちの声が聞こえてくる。

ミリアはさりげなくそちらに視線を向けた。集まって話す何人かは見たことがある。ミリアが文官時代に侍女をしていた者たちだ。

「ミリア……ティーブバレーの娘か？　あの家はとっくに没落しているだろう」

「そんな家の娘を公爵家の嫁になど……閣下は何を考えておられるのか」

続いて、今度は別の場所から男性らの抑えた声が聞こえた。

この場において、自分が歓迎されていないことは明らかだ。

ミリアはつい肩を丸めてしまいそうになるのを堪え、胸を張った。

――ここに来ると決めたのは、自分だもの。

マティは初め、ミリアが直接ここに来る必要はないと言ったのだ。

まだミリアを周りに認めさせるための根回しが済んでいないからと。それを、どうしてもこの場に来たいと言ったのはミリアだ。

――夫人とのことは、私の問題だもの……決着は自分でつけなくては。

大きく息を吸い、強い眼差しをエラへ向ける。

「……ご無沙汰しております、グレスク侯爵夫人」

彼女の前に立つと、ミリアは礼をとって微笑んだ。

「ミリアさん……あなた……」

戦慄《わなな》く唇はすっかり色をなくしている。

彼女の視線は、ミリアの首元にかかるルピネスに釘付けになっていた。

「今日の日を迎えられたのは夫人のおかげです。私を導いてくださり、誠にありがとうございます」

ティーブバレー領をエラが面倒見ていることは有名で、この場にも知っている者が多い。

ミリアが真っ先にエラに挨拶へ行くのも、多くの人の目に自然に映ったことだろう。

「え、ええ……」

エラが頬を引きつらせる。ミリアの言動の意図を掴みかねているのだ。

ミリアはエラの耳元に顔を寄せ、小声で囁いた。

「二人で話をしましょう、ルピネスのことです」

夫人が息を呑み、視線を会場の出入り口へ向ける。

そしてそこに舞踏会には場違いな装いの兵士が数名詰めているのを見ると、顔面を蒼白《そうはく》にしたまま頷いた。

「……分かったわ」

緊張を孕んだ声でエラが答える。

会場に再び音楽が流れ始め、こちらに注目していた人々もまた散っていく。

ミリアはエラを連れ、バルコニーから庭に出た。

冷たい夜風が頬を撫でる。

月光と、会場からの灯りを頼りに、少し離れた人影のない場所にまで進む。灌木《かんぼく》の陰まで来ると、エラが「もうここでいいでしょう」と焦れたように言った。

「話とは何かしら?」

ミリアは立ち止まると、さっと周囲を見渡してから夫人を振り返った。

「……かつて、ティーブバレー家の顧問弁護士であった男を捕らえました」

「何を……何のことか私には……」

「彼は全て白状しました。私の両親が生前、領地内の山奥に宝石の鉱山を見つけていたこと。そして両親が事故で亡くなったのを好機と捉え、夫人と共謀してそれを騙し取ったこと……証拠の書類も全て我々が入手しています」

「……私は何も知らないわ」

「エスティアでの流通経路に、夫人が経営しておられる商会が関わっていることも、もう明らかになっています。言い逃れはできません。もちろんここから逃げることも。今日の舞踏会は夫人を捕らえるためのものなのです」

淡々と事実を述べると、夫人が視線を大きく泳がせた。

それから媚びるような笑みを浮かべ、ミリアに歩みよって手を握った。

「……ねえ、ミリアさん。色々と誤解があるようだわ……私は確かにルピネスで商売をしたけれど、別にあなたを謀ったわけではないの。ちゃんと話をすればあなたも分かってくれるはず」

「ええ、分かっています。夫人」

ミリアは彼女の手を握り返すと、微笑みを浮かべた。

エラが驚いたように目を瞠る。

「私は、夫人を恨んだりはしておりません。そのおかげでマティ様と出会い、エミルを授かったのですから……それに、夫人が私をずっと気にかけてくださっていたことも分かっています」

「そうよ……！　私はあなたをずっと本当の娘のように気にかけてきたわ」

「私は……夫人のことをマティ様に口添えしても良いと思っているのです」

言うと同時、エラの顔に喜色が浮かぶ。

ミリアはすかさず言葉を続けた。

「その代わり、エミルの産み月を偽造した医師を教えていただけませんか？」

「……どういうこと？」

首を傾げるエラに、ミリアは憂鬱そうに瞳を揺らした。

「マティ様が……エミルを実子であると信じてくださらないのです。あの診断書を信じているようで……」

「でもあなた……閣下と結婚するのでしょう？」

「マティ様は私に愛を伝えてくださっています……ですが、エミルを公爵家の嫡男にするかどうかは話が別だと」

口元に手を当て、物憂げにため息を吐く。

「マティ様はあの夜のことをご存じありませんし、公爵家の跡取りともなると閣下が慎重になられるのも当然です……ですからあの医師に、診断書は嘘であったと証言してほしいのです」

ミリアは慎重に言葉を紡いだ。鍛えた表情筋を総動員して、平静な顔を保つ。

——ここが正念場よ。

いま、この場で、子を身ごもったミリアを意図的に国外に隠したことをエラに証言させるのだ。

灌木の裏にはあらかじめユーベルと、証人となる有力貴族が数人身を隠している。

ミリアは必ずここでエラの口から証言を吐き出させると、マティに約束をしたのだ。

「……分かったわ」

少し考えるような間を置いた後、エラは神妙に頷いた。

「あなたの産み月を偽った医師を紹介する……それで、私のことを許すように閣下に口添えしてくださるのね？」

エラは無事に罠《わな》にかかった。

これで彼女が、産み月偽証に関わったことは明らかにできた。

安堵すると同時に、胸には苦々しいものが広がっていく。

――一度でも成長したエミルを見に来てくださっていれば……。

誰も父子の血縁を疑う余地がないぐらい、二人が似ていることに気付いただろうに。

ミリアは胸の深い所から息を吐き出した。同時に、空虚さが口から零《こぼ》れ落《お》ちる。

「夫人……私はずっと、あなたを信じていました。あなたが領地を守ってくださると約束したときも、王宮での仕事を紹介してくださった時も、エミルを授かった時も……やはり全て、嘘だったのですね」

「何を……」

エラは空気が変わったのを感じ取ったようで、眉間にしわをよせてたじろいだ。

そしてハッと何かに気付いたように当たりを見渡すと、顔を怒気で染めた。

「お前……私を嵌めたわね！」

暗闇でもわかるほどはっきりエラの目が血走った。唸るような声を上げ、怒りに任せてこちらに掴みかかってくる。その時、誰かが背後からミリアの肩を引き寄せ、もう一方の手でエラを突き放した。

「閣下……！」

「マティ様！」

いつの間にかマティもそこへ来ていたらしい。

振り返ると、彼は射るような眼差しをエラに向けていた。夜の底に沈むアイスグリーンの瞳は、凍えそうなほどに冷たい。彼の背後には半ばに欠けた銀色の月。その立ち姿はとても美しく、ミリアは思わず息を詰めて見蕩れた。

「彼女に触れるな」

低い声でエラを制し、ミリアを見つめて表情を和らげる。

「大丈夫か？　ミリア」

「……はい」

本当に怪我一つしていないし、心はとても落ち着いている。

微笑むと、マティの表情にも安堵が浮かんだ。

だがエラは窮地に陥ったことを悟り、我を失ったように声を荒げた。

「この恩知らず！　誰がお前をここまで面倒みてやったと思っているのよ！　子供を孕んだ時は仕事も家も与えてやった！　お前なんかいつ殺したって良かったんだ……それなのに！」

「仕事や家を与え、私を生かしたのは……単にマティ様が恐ろしかったからでしょう」

身勝手な言い分を叫ぶエラに、静かにそう言い返す。

そしてミリアを背中に庇《かば》おうとするマティの腕を掴んで、一歩前に出た。

「ティーブバレー領を奪った後、私を殺さなかったのは単にことを大きくしたくなかったから。いつか領地を返してやると私に希望を持たせたのは、私が領地を手放すことを渋っていたから。王宮での仕事を勧めたのは、領地から追い出すため……その後、宰相補佐になった私に度々縁談を勧めてきたのは、私が本当に領地を買い戻すお金を用意できそうだったから……違いますか?」

この一ヶ月、エラがこれまで取ってきた不審な行動の理由を何度も考えた。

少女の頃から頼りにしてきた人だ。ずっと騙されてきたという現実を受け入れるのは、簡単ではなかった。

それと、単にエラという人を信じたい気持ちもあった。

彼女への疑いは全て間違いで、ずっと善意で自分を助けてくれていたのではないかと。

けれど考えを巡らせるほど、そうではないという結論に辿り着いてしまう。

そうこうしている間にマティがどんどんエラの悪事の証拠を積み上げていくので、ミリアも全てを受けいれたのだが——それでも、不思議と怒りは浮かんで来なかった。

いまも胸にあるのは騙されていた驚きと、衝撃の名残。悲しさと、むなしさ。

そして彼女への哀れみだ。

——愚かな人……。

つまらない欲で、エラはこれから全てを失うのだ。

「ええ……そうよ！　ずっとお前が目障りだった……！　しかもよりにもよって宰相閣下に媚びを売り子供まで孕むなど……いっそ殺してしまえればと何度思ったことか！」

「もう止めてくれ、エラ……」

逆上し、怒声を上げるエラを誰かが止めた。

声のした方へ視線を向けると、灌木の陰から一人の男性がよろめくように出てくるのが見えた。頭に霜の降りた初老の男性だ。

「あなた……」

男性はエラの夫、グレスク侯爵だった。

ミリアも会うのはこれが初めてだ。

侯爵は怯えきった顔でエラから目をそらすと、その場に膝をついて地面に頭を擦りつけた。

「ま……誠に申し訳ございませんでした……公爵閣下……」

マティは侯爵を一瞥《いちべつ》すると、再びミリアを背中に隠し、灌木の陰に向けて「皆様、聞いていただけただろうか」と声をかけた。

するとユーベルを初めとする数人の男性がこちらに姿を見せる。

「グレスク侯爵夫人は、私の子を身ごもった妻を故意に謀りました。そして公爵家の血を引く子供と共に、国外に隠したのです……陛下も、いまの夫人の話を聞いていてくださいましたね？」

夜の庭園にマティの声が響き渡る。

――陛下!?

まさかと思って暗闇に目をこらすと、少し離れた場所にはリースペリア国王がいた。道理で姿を見せた男性たちの数が多いと思った。なかには国王の護衛もいるのだろう。

「……グレスク侯爵も、もちろん今後の調査に協力をしていただけますね？」

「も、もちろんです閣下……我々侯爵家は全面的に閣下に協力をいたします」

頭を土に擦りつけたまま侯爵が答える。

彼にとっても今は侯爵家が生き残れるかどうかの境目だ。エラを切り捨て、マティに協力するより他に道はない。

見捨てられたことを悟ったエラが、金切り声を上げた。

「あなた……何を言っているの！　助けてちょうだい！　あなたの事業の失敗で傾いた侯爵家を立て直したのは私じゃない！　あなたが贅沢《ぜいたく》をしたり、好きに女遊びをしたりできていたのだって、全部私が稼いだお金のおかげよ！」

「すまない……エラ」

侯爵は顔を上げず短い謝罪を口にした。

エラの顔が絶望に染まる。彼女は一歩後ずさると、そのまま身を翻して駆け出した。

「マティ様、夫人が……！」

「問題ない、逃げ場などないのだから」

咄嗟に追いかけようとしたミリアの腕を、マティが掴む。

エラは庭の裏手へ逃げようとしたが、すでにそこには兵が配置されていたらしく、足を絡ませて尻餅をついた。だがまだ誰も彼女を追いかけない。纏ったドレスを土まみれにしながら這うように立ち上がり、今度は別の方角へ走って行く。しかしそこにも兵がいたようで、また違う道を探して逃げていく。髪が生け垣に引っかかって解ける。靴が脱げ、石を踏んで悲鳴を上げる。罠にかけられた獣のように、一つ一つ逃げ道を潰され、彼女は再び舞踏会の会場へ逃げ込んだ。

「侯爵夫人は、皆の前で捕らえる」

それを見送ったマティが、静かに言った。

「その方が話題になって、今回の出来事がより早く広く世間に伝わる。ティーブバレー領は不当に奪い取られたものだと……君のご両親の名誉も回復するだろう」

ミリアははっとマティを見上げた。

――マティ様は、私の両親の名誉も回復しようとしてくださっているのね……。

彼の深い思いやりを感じ、目に涙がにじんだ。

「では、我々も会場に戻ろうか」

すでに国王は会場へ向かっており、ミリアもマティと共に歩き始めた。

広間に入ると、エラが兵士二人に顔を床に押しつけられていた。

人々はざわめきながら、何ごとかとばかりにその様子を見ている。

――侯爵夫人……。

あまりに惨めな姿だった。もちろん同情はしないけれど――すっきりと喜ぶ気分にもなれない。

エラが顔を上げ、ミリアに気付く。それからキッと眦《まなじり》をつり上げた。

「お前のようなみすぼらしい娘が王宮で働けていたのは、誰のおかげだと思っている！　いまさら領地を取り戻した所で、お前の卑しさは変わらないわ！　お前など……お前などが公爵家に相応しいものか！　私は正しいことをしたのよ！　私は、閣下……あなたの為になることをしたのですよ！　こんな女にたぶらかされて子を作ったあなたを助けてさしあげたのです！　こんな女を娶った所で、誰も公爵夫人だなんて認めない！　敬うこともないわ！」

醜い言葉を吐き散らすエラに、マティが不快げに眉を顰める。

しかしこの広間にいる貴族らのなかには、エラの言葉に肯定的な様子を見せるものもいた。エラが何をしたのか、いま何が起きているのか理解している者は少ないだろうが、それでも『ミリアが公爵家に相応しくない』という一点に同調しているのだ。

――マティ様は、今夜、私を信じてくださった……。

エラと直接話をしたいというミリアの願いを叶《かな》えてくれた。

必ずエラの証言を引き出すといったミリアを信じて、任せてくれた。

――そして、私の両親の名誉のことまで考えて、動いてくださった。

彼への感謝と共に、愛情が胸にこみ上げてくる。それから、自信も。

ミリアは、間違いなくマティに愛されている。

その確信が、ミリアに勇気をくれた。

「私の名前はミリアです……ミリア・エンフィール」

エラに向けて名乗った後は、ゆっくりと会場を見渡した。

人々のどよめきが止み、視線がミリアに刺さる。

ミリアは一歩前に出て、大きく胸を張った。

「私は十四で親を亡くした後、一人で王都に出てきて下級書記官から出世をし、宰相補佐にまで昇り詰めた女です。そして補佐として宰相閣下を支え続けてきた。私より閣下の妻に相応しい女性がいるなら、どうぞ仰っていただきたい！」

静まり返った広間に、ミリアの声はよく響いた。

天井から降り注ぐシャンデリアの明かりに、胸元の紫石が光る。ミリアは両親の顔を思い浮かべながら、それに手で触れた。

そっと、マティの顔を見上げる。

「何より……閣下は私がそばにいないとだめなのです」

そうでしょう？　と確認を取るように小首を傾げる。

マティは驚いた様子でミリアを見ていたが、それを聞くと満面の笑みを浮かべてミリアを抱き寄せた。

「そうだ……君がいなければ、私はマティ・エンフィールでいられない。君がいないとダメなんだ……私の最愛の人」

もはや抵抗の気力も無くした夫人が、会場から連れ出されていく。

人々は戸惑った様子でそれを見送った後、ミリアたちに視線を戻した。

抱き合う二人に、どこからか感嘆の声が漏れる。

「……ご結婚、おめでとうございます。エンフィール公爵閣下！」

真っ先に声を上げてくれたのはユーベルだった。それにつられて、次から次へと祝福の声が湧き上がる。続いて、どこからか拍手が起こると、やがて広間は喝采に包まれた。

「君を愛している、ミリア……君だけを」

「ええ……私もあなたを愛しています、心から」

愛の言葉と返すと同時に、口づけが落ちる。

ミリアは目を閉じ、それを受け入れた。

エピローグ

その後、エラは王宮の地下に投獄された。

鉱山目当てにティーブバレー領を奪い取ったこと、ミリアが公爵家に嫁ぐことで悪事が露呈するのを恐れ、故意に国外へ誘導し、それを隠したこと。他にもルピネスを国内で流通させると足がつくからと、不当な方法を使ってエスティアへ流していたこともジェフリーの調査によって明らかとなった。

またグレスク侯爵の全面的な協力もあり、夫人が経営していた商会の不正会計などの余罪も判明し、彼女は私有財産を没収されることとなった。

侯爵からも離縁され、これから先は国の流刑地である、極寒の離島で生涯を送ることになる。

「ミリア……起きているか？」

夫人を捕らえたあの宮廷舞踏会から、さらにひと月が過ぎた日の夜更け。

マティが控えめに寝室の扉を叩いた。

「はい、起きております」

編み物をしていたミリアは、返事をすると立ち上がって扉を開き、彼を出迎えた。

マティが嬉しそうにアイスグリーンの瞳を細め、ミリアの体を強く抱きしめる。

「おかえりなさいませ、マティ様」

「ああ……ただいま」

甘い声。良い匂い。優しい温もり。

胸の中が幸せでいっぱいになる。

「毎日、遅くまでお疲れ様です……マティ様」

リースペリアへ戻ってきてから今日まで、マティはずっと忙しく、眠る間もないほどだった。

特に夫人を捕らえてからは、明け方近くに帰ることもしばしば。

マティはミリアに『先に寝ていてくれ』と言ったけれど、ミリアはずっと起きて彼の帰りを待っていた。


――本当は、以前のようにマティ様の仕事も手伝いたいけれど。

いまのミリアには公爵夫人という立場があり、昼間はその勉強や仕事で忙しい。

自分にできることは少ない。

せめてマティが帰るまで起きていて「おやすみなさい」を言いたかったし、顔を見たかったのだ。

それに彼は、ミリアを胸に抱いて眠るとぐっすり休めるのだという。

ミリアが消えてしまわないのだと安心できるから。

ミリアは彼がより安心できるように、彼の背中に腕を回し、頬にキスをして眠るようにしていた。

――でも今日は、いつもより少し帰りが早いわ……。

ちらっと壁にかかる時計を見る。まだ日付が変わった所だ。

「諸々、ようやく落ち着いてきたよ」

「本当ですか……それは良かった」

ミリアはぱっと顔を輝かせた。

彼の体調がずっと心配だったのだ。少しでも体を休めてほしい。

「せっかく君と結婚できたのに、夫婦らしいことを何一つ出来ていない……だが明日からはゆっくり君と過ごせると思う。休暇も取るつもりでいるから、どこか旅行にでも行こう……そうだ結婚式の段取りもそろそろ決めなくては」

言いながら、マティがぎゅうぎゅうとミリアの体の形を確かめるように抱きしめる。

その声は明らかに浮かれていて、ミリアは思わず笑みをこぼした。

「マティ様ったら、子供みたいですよ……」

「私にそんなことを言うのは、世界広しといえど君だけだな」

声を上げて笑いながら、マティはミリアの体を抱き上げた。

それからベッドの上を見つめ、首を傾げる。

「……そうだ、エミルは？」

つい先日、エミルにも専用の子守女中をつけたが、日常の世話や寝かしつけはいまでもミリアがしている。夜も同じベッドで眠っているから、マティは今日もそうだと思ったのだろう。

「エミルは今日、クロエナ様と眠るそうです。クロエナ様がもうすぐ領地に帰ってしまわれるので、その前にと」

クロエナは領地にある本邸に住んでいるが、ミリアが公爵夫人の務めに慣れるまではと、王都に滞在してくれていた。初孫であるエミルと離れがたかったのもあるようだ。

エミルもすっかりクロエナに懐いており、今夜は一緒に寝たいと駄々をこねた。

「そうか、エミルは人懐っこいな」

「クロエナ様にも可愛がっていただき、ありがたいかぎりです」

微笑んで言うと、マティの瞳が意味ありげに細められた。

「なるほど……では今夜は二人きりというわけだ」

甘い声にこめられた期待に気付かないほど初心ではない。

ミリアは頬を染めると、彼の首に抱きついた。

「ええ……二人きりです」

心臓がどきどきと激しい音を立てている。

彼にもそれが聞こえただろうか。マティはくすっと笑うと、ミリアを抱いたままベッドへ移動した。

「……君を抱きたくて、ずっと気が狂いそうだった」

ミリアをベッドに下ろしながら、マティが囁く。

彼と最後まで抱き合ったのは、エスティアの夜が最後だ。

マティはずっと忙しく、宮廷舞踏会の前後は特に空気が張り詰めていたし、エミルもいたのでそういう時間が持てなかったのだ。

だが彼の肌が恋しかったのは、自分も同じ。

切れ長の双眸が愛おしそうにミリアを映している。

ミリアは彼の頭を両手で引き寄せると、形の良い唇にキスをした。

「ん……」

「夢のようだ……ミリアから口づけをして貰えるなんて」

マティは嬉しそうに笑うと、ミリアの頬を両手で掴んで深い口づけをした。舌を絡め、音をたてながら何度も何度もキスをする。すると自然と体温が上がっていくのが自分で分かった。

「宮廷舞踏会で……皆の前で堂々と話す君の姿も、とても素敵だった」

「あっ……マティ様……」

口づけを首筋に変えながら、マティがミリアの寝間着のボタンを器用に外していく。

「君がとても強く、凛とした女性であることを知っていたはずなのに……あらためて思ったよ。君のような人は他にいないと……それから、私には君がいないとダメなんだと」

「……そう言っていただけて、嬉しいです」

あれから、ミリアを表立って批判する声は聞こえてこない。

もちろん、マティが裏で色々と手を回してくれているのも理由の一つ。

ただマティやクロエナが言うには、ミリアを素直にエンフィール公爵夫人と認める者の方が多いようだ。宮廷舞踏会でのミリアの振る舞いに、それだけ多くの人間が胸を打たれたらしい。

「ミリア……愛している」

「私もです……私も……」

睦言を返しながら、ミリアも彼の寝間着を脱がせていく。

するとマティは、なぜかアイスグリーンの瞳を潤ませた。

「……マティ様？」

「いや……すまない、夢じゃないなと思うとあらためて……いまと同じような夢をみては、目が覚めて憂鬱になっていたから」

ぽつりと言葉を落とすマティに、ミリアは安心させるように微笑みかけた。

「夢ではありません。……夢のなかでは、私はこうしてマティ様の衣服を脱がせていたのですか？」

「脱がせてくれるときもあれば、そのまま致す時もあった……」

ミリアは「そうですか」と頷いた。

彼は毎晩のようにミリアを抱く夢を見ていたというしそれも毎回同じものではなかったようだ。夢のなかで何度もミリアを抱いては、目覚めて絶望してきた。

「いまは夢ではありません……これから何度だって、ぬ、脱がせて差し上げます……！」

顔を真っ赤にして言うと、マティは嬉しそうに目を細め「ありがとう」とまたミリアの体を抱きしめた。

それから二人とも生まれたままの姿になると、側臥位でぴたりと肌を重ねてただ抱き合う。互いの肌が触れ合うのと、体温が心地良い。

「触るよ」

囁いてから、マティはゆっくりとミリアの肌を撫で始めた。両手で腰に触れた後は、片方は胸へ、片方は脚へ動く。彼は乳房の膨らみを楽しむようにしばらく揉みしだいた後、体を少し下にずらして、もう片方の乳唇を口に含んだ。

「あっ」

心地良い。それ以外の言葉は見つからない。

ミリアは腰を揺すりながら、彼の脚に自分の脚をからめた。

「あ、……マティ様、それ……すごく……良いです……」

声を詰まらせながら愛撫の良さを訴える。

すると彼は嬉しそうに硬くなった胸の先端を歯で甘噛みした。

「やっ」

ぴりっとした強い快感が背中を走り抜ける。同時に下半身がじわりと熱くなって、股の付け根にある秘めた場所から蜜が溢れた。その割れ目に、マティが指先で触れる。

「もう濡れている……感じてくれて嬉しいよ」

「やだ……あっ」

ぐちゅっと指を泥濘に挿入され、ミリアは背中をのけぞらせた。

彼の体にしがみ付き、指を動きにあわせて腰を揺らす。胸の中でちりちりとしていた欲望が、とろりと溶け出して全身を溶かしていく。

「あっ……やぁ……、ふ、ぁ」

息があがっていく。ミリアだけではない。ミリアを高めているマティの息もまた荒く、熱がこもったものへと変化していた。

指を増やされ、良い所を擦られ、淫芽を潰され――ミリアは嬌声を上げて達した。

「ぁあっ……」

彼の指を飲み込む場所がびくびくと蠕動する。

「マティ様……」

「ああ」

うっとりと名前を呼ぶと、彼は指を抜き、横向きに抱き合ったまま今度は剛直をその場所にあてがった。達したばかりで敏感な場所は、亀頭を擦りつけられただけで痛いほど感じてしまう。

ぬるりぬるりと、濡れ具合を確かめるように先端が秘裂をなぞる。

やがてもどかしさに耐えられなくなったミリアは、自ら腰を動かして、それをなかに挿入していった。

「く……っ」

横に引き結んだマティの唇の隙間から、堪えるような声がする。

同時にぐっと腰を押し進められて、今度はミリアが喘いだ。硬く反りかえった肉杭をすべて膣のなかにおさめた後は、お互いに熱い息を吐いて見つめ合った。いま、自分たちは一番深い所で繋がっている。体も、心も。そう思うととても幸せで、目に涙が浮かんだ。

「マティ様……ぁっ」

頭を両手でかき抱くようにキスをされ、名前を呼んだ声が途切れる。

隙間無く抱き合ったまま、彼は緩慢な動きで抽挿を始めた。痛いぐらいに硬くなった胸の先端が、彼の肌に擦れて快感を生む。みっちりと彼を加えこんだ媚肉が悦びに震え、昂ぶりを締め付ける。

これから二人で、この世界に用意された一番気持ちのよい場所にいくのだ。

愛し合う者同士だけがたどり着ける場所へ——ミリアにはそれが分かった。

「んっ……ぁ、あっ……気持ちいい……」

「ああ、私もだ……君のなかは、本当に気持ちが良い……」

ぐちゅぐちゅと淫靡な音を響かせながら、互いの性器を擦り合う。

律動は徐々に激しくなった。

彼の先端が、奥を貫く度にミリアのよい場所を抉っていく。ミリアは全身が燃え上がるのを感じた。

「ぁあっ……あっ」

ミリアの絶頂が近いことを悟ると、マティは体勢を変えた。互いの肌はぴたりと重ねたまま、上になってミリアの体を組み敷く。ミリアの頭を掴んでキスを落とし、舌を絡める。

「ミリア……ミリア……愛している、君を……」

「あっ……私も、私も……ぁっ、あ……」

ミリアは彼の腰に脚を絡めた。肌のぶつかる音がする。愛液の泡立つ淫靡な音が。頭が真っ白になって、目の前がちかちかし、体のなかで高まりきった快楽が弾けた。

「あぁぁ……ぁっ、やぁ……」

ぎゅっと閉じた目の端から、涙がにじんで頬に落ちる。

ミリアはとても大きな快感の渦に身を任せ、体が反応するまま、ぎゅうと強く彼のものを締め付けた。ミリアを組み敷いているマティの体が一瞬こわばり、また数度強く腰を打ち付ける。

次の瞬間、熱いものが膣のなかに放たれた。

「はぁ、あっ……」

全身が恍惚とした幸福感に満たされていく。

「ミリア……ああ……」

マティは愛おしそうにミリアの名前を呼ぶと、その体を抱きしめた。

――ああ……。

余すところなく彼で満たされている。愛しいもので一杯になっている。

キスをして、ゆるゆると性器を出し入れながら、絶頂の余韻を味わう。少しして互いの息が収まると、どちらからともなく微笑みあった。

「私……とても幸せです、マティ様」

「私もだ……ありがとう、ミリア」

澄んだアイスグリーンの瞳が見つめるのは、ミリアの姿だけ。

ミリアは目を細めて微笑んだ。

啄むように落ちる口づけを、何度も何度も繰り返す。

じゃれ合う二人の笑い声が、寝室に響く。

僅かに開いたカーテンの隙間から差し込む淡い月の光が、そんな二人を照らしていた。


それから更に三ヶ月後。

リースペリアの大聖堂で、二人の結婚式が行われた。

それは華々しく。それは盛大に。

国内外から王侯貴族が集まり見守るなか、ステンドグラスの窓から差しこむ光に照らされて、二人は愛を誓い合ったのだった。

「すごい、お母さん、すごくきれい！」

大聖堂の前に出て皆の祝福を受けていると、エミルがやってきて飛び跳ねて喜んだ。

白い婚礼ドレスに身を包み、華やかに着飾った母が誇らしいのだ。

マティがエミルを抱き上げて、「お母さん綺麗だね」と笑った。

「うん、きれい！　でもお父さんもかっこいいよ！」

父を気遣うエミルの言葉に、周囲から自然と笑い声が広がった。

――本当に……今日のマティ様もとても素敵……エミルも可愛い。

婚礼用の白い正装をまとったマティは神々しいまでに凛々しく、公爵家嫡男らしい装いのエミルもまた天使のように愛らしい。

二人のこの姿を見られて良かったと、ミリアは心から思った。

そこに、ジェフリーもやってきて声をかけた。

「マティ、ミリア……二人ともおめでとう。まあ色々あったが、結果良ければなんとやらだな」

「ありがとう、ジェフリー……君には本当に感謝をしている」

ジェフリーと握手をしながら、マティが礼を言った。

ジェフリーがミリアを見つけてくれなければ――そして迷わずマティに報告をしてくれなければ、いまこの瞬間はなかったのだ。

そう思うと、ミリアの胸にもあらためて感謝の気持ちがこみ上げてきて、深々と頭をさげた。

「本当に……ありがとうございました、ジェフリー様」

「いいさ、オレも十分に見返りは貰っている」

ジェフリーはニッと口端を持ち上げ、声を潜めた。

「周りを見てみろ。これだけの要人らが集まっているエンフィール公爵夫妻の結婚式で、新郎と握手をし、新婦からは頭を下げられている。いまこの瞬間、オレという人間の価値がまたひとつ上がっているわけだ。しいてはオレを外交官に任命しているエスティアの価値も上がっている」

「……分かっているさ、だからこうしている。肩でも抱こうか?」

「ああ、よろしく頼む」

親友たちは悪戯そうに目を合わせると、おおげさに肩を組んだ。

「いいか、元宰相補佐殿。これが外交官の仕事というものだ」

ジェフリーが得意げに笑って、ミリアを見つめる。

「そうだ、ついでに夫人の手にキスでもさせてもらって……」

「調子に乗るな」

ジェフリーの肩を軽く小突いて、マティが友の体を離す。そしてあらためて向かい合うと、正面から抱き合った。

「本当にありがとう、ジェフリー」

「ああ、幸せに」

お互いにかけた言葉から滲むのは深い友情。

その後は、ジェフリーは別の知り合いに声をかけられ、そちらへ向かっていった。

ミリアは彼の背中を見送ってから、ゆっくりと周囲を見渡した。

「でも本当に……こんなにたくさんの方が結婚式に来てくださるなんて」

賓客の顔ぶれは、まるで王族の挙式のようだ。

もちろんマティの功績、人望と人脈のおかげなのだが。

「今日の挙式で、君とエミルの立場もさらに確固たるものになるだろう。私たちの結婚は、これだけの人物に祝福されているのだから」

エミルの存在もすでに公表しているが、公に姿を見せるのは初めてだ。

離れて暮らしていたことで色々と詮索をする者もいたが、こうして並ぶ父子が瓜二《うりふた》つなのを見れば、誰もが納得をするだろう。

エミルは挙式の間クロエナと一緒にすごし、客人たちにも頑張って挨拶をしていた。

クロエナがエミルを嫡男と認めていることを、周囲に知らしめられたのも大きい。

さらにリースペリアの王族はもちろん、各国の王族や有力貴族がエミルをエンフィール家の嫡男として扱うのだから、よほどのことではもう誰も文句は言わないだろう。

──マティ様はそこまで考えて、エミルを公の場に出すのを今日まで待たれたのよね。

物事を計画的に進めることにおいて、彼の右に出る者はいないのだ──こと恋愛面を除いてではあるが。

ミリアは思わず頬を緩め、そこでふらっと前によろめいた。

「ミリア？」

「すみません、疲れてしまったのか……さっきから少し気分が悪くて」

胸のあたりを押さえて言うと、マティがエミルを下ろし、心配そうにミリアの肩を抱き寄せた。

「すぐに下がって休もう」

「いえ、それほどのことでは……少々胸のあたりが気持ち悪いかも？　というぐらいで」

各国から王族まで招いている挙式で、新婦が下がらなくてはいけないほどの体調不良ではない。

すると、ちょうど近くにいたクロエナが「あら、それって」とこちらに話しかけてきた——それって二人目ではないの？　と。

ミリアはハッとマティと顔を見合わせた。

——そうかもしれないわ。挙式の準備で忙しくてあまり気にしていなかったけれど、月のものもなかったし……。

口元に手を当て、マティを見る。小刻みに頷いて心当たりがあることを伝えると、マティの顔がぱっと華やいだ。それから、すぐに心配そうになって眉を顰める。

「なおさら下がるべきだ！　誰か部屋の準備を！　すぐに医師を呼ばなければ！　この後の舞踏会は欠席にしよう……ええ、こういうときは滋養のあるものを……それから体を温めて……」

空から星が降ろうと、大地が割れようと冷静でいられるはずのエンフィール宰相閣下が、これでもかというほど慌てている。

ミリアは驚いて「そこまでしなくても大丈夫です！」と声を上げた。

だがマティの耳には届かなかったらしい。

「靴も、今日は慣れないものを履いているだろう！　部屋まで私が連れて行くから……！」

青ざめた顔で、マティがミリアの体を抱き上げる。

そばで見守るエミルには、そんな両親がただ仲睦《むつ》まじく見えたのかも知れない。

嬉しそうに、何かを歌い始めた。

マティが不思議そうに首を傾げる。

「……その歌は？」

「ぼくがねむるときに、お母さんがいつもうたってくれていたの。このおうたの『あいしあうふたり』って仲がいいってことでしょう？　お母さんと、お父さんのことみたいだとおもって」

にこにこと答えるエミルに、ミリアは思わず顔を真っ赤にした。

――初めて抱き合った夜に、マティ様が歌ってくださった愛の歌……！

離れていた間、マティが恋しくて、子守歌が代わりにエミルによく歌って聞かせていたのだ。

それをまた子供の口から知らされるのは――やっぱり気恥ずかしい。

照れるミリアを余所に、マティはミリアを抱いたまま、何かを思い出すように遠くを見つめた。

「私も、その歌をよく知っている……」

マティが一節、二節と歌詞を口ずさむ。

それからじっとミリアを見つめ、首を傾げた。

「……私は、この歌を君に聞かせなかっただろうか？」

「え？」

「エミルを授かった夜に、この歌で……君に愛を乞うたのでは？」

違うだろうか？　と訊ねられ、胸がどきりとした。

菫色の瞳を少し彷徨わせてから、もう何も隠すことはないのだと頷く。

「ええ、そうです……」

するとマティは、美しく澄んだアイスグリーンの瞳を大きく見開いた。

ミリアを抱きかかえたまま、軽く頭を押さえ、目を左右に彷徨わせて、青ざめたり、顔を赤くしたり、眉を顰めたり、頬を緩めたりしてから、困ったように笑った。

「思い出した……多分、全部」

最後は、少し声を潜めて。

驚くミリアに、彼は歌の続きを口ずさみ始めた。

心地の良いテノールが象《かたど》る、愛の歌――。

「マティ様……」

ミリアの胸に、色んな想いがこみ上げてくる。

最愛の我が子を授かった夜の記憶を、彼が思い出してくれた嬉しさ。胸が苦しいような、むずむずとするような……少し、気恥ずかしいような。

けれどマティと視線が交わり合うと、全ては喜びへ変わった。

「……私を一人にしないでくれ、ミリア。そうでないと、私は息の仕方も分からなくなる」

それは、かつての夜にマティがミリアに愛を乞うた台詞。

ミリアは満面の笑みを浮かべて微笑んだ。

「ええ、もう二度といたしません……決して、マティ様から離れないと誓います」

大聖堂から、祝福の鐘が鳴り響く。

空は晴天。明るい日差しが照らすなか、二人は強く、お互いを抱きしめ合ったのだった。

あとがき

初めまして、作者の浅見と申します。

このたびは『エリート宰相の赤ちゃんを授かったのでパパには内緒で逃亡します！　文官令嬢の身ごもり事情』をお手に取っていただき、誠にありがとうございます！

憧れのガブリエラブックス様で書き下ろし作品を刊行させていただけること、このあとがきを書いているいまでも夢のようで、ふわふわとした気持ちでおります。


本作はいわゆるシークレットベビー物になりますが、なにを隠そう、私は三度の飯よりシークレットベビーのお話が大好きです。それから無人島に一人だけ連れて行くなら『それまで完璧だったのに、ヒロインを失ってからおかしくなってしまった男』と決めています。

ヒロインを失って嘆くヒーロー、大好きです！　今作のヒーローにもたくさん嘆いて悲しんでもらいました！

そういうわけで好きな物をたくさん詰め込み、とても楽しく書かせていただきました。

読者の皆さまにも、どうか楽しんでいただける作品になっていますようにと、祈るような気持ちでおります。

イラストはSHABON先生が担当してくださいました。マティはとても素敵に麗しく、ミリアは美人に、エミルはめちゃくちゃ可愛く描いていただきました！

最初にラフ画を拝見したときには「わー！」と声が出るほど感動し、それから何度も見返してはニヤニヤとしておりました！

とても素晴らしいイラストを、本当にありがとうございました。

また担当編集様をはじめ、ガブリエラブックス編集部様、刊行までに携わっていただいた全ての皆さまに心より感謝を申し上げます。特に担当編集様には色々とご迷惑をおかけしてしまい、誠に申し訳ありませんでした！

最後になりましたが、この本を手に取ってくださった読者の皆さま、本当に、本当にありがとうございます！

またどこかでお会い出来ることを、心より願っております。

浅見

ガブリエラブックスをお買い上げいただきありがとうございます。
浅見先生・SHABON先生へのファンレターはこちらへお送りください。

〒110-0016　東京都台東区台東4-27-5（株）メディアソフト
ガブリエラブックス編集部気付　浅見先生／SHABON先生　宛

gabriella books

MGB-096

エリート宰相の赤ちゃんを授かったのでパパには内緒で逃亡します！　文官令嬢の身ごもり事情

2023年9月15日　第1刷発行

著　者　浅見《あさみ》

装　画　SHABON《しゃぼん》

発行人　日向晶

発　行　株式会社メディアソフト
〒110-0016
東京都台東区台東4-27-5
TEL：03-5688-7559　FAX：03-5688-3512
https://www.media-soft.biz/

発　売　株式会社三交社
〒110-0015
東京都台東区東上野1-7-15
ヒューリック東上野一丁目ビル３階
TEL：03-5826-4424　FAX：03-5826-4425
https://www.sanko-sha.com/

印　刷　中央精版印刷株式会社

フォーマットデザイン　小石川ふに（deconeco）

装　丁　齊藤陽子（CoCo.Design）

ISBN 978-4-8155-4322-8